AF098423

www.ingramcontent.com/pod-product-compliance
Lightning Source LLC
LaVergne TN
LVHW012127070526
838202LV00056B/5891
9781990760013

بسم الله الرحمن الرحیم

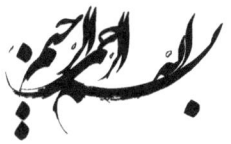

سریال کتاب: .P2345250111
عنوان: سفر به سرزمین صفحه کلیدها
پدیدآورنده: افسانه میرابی
ویراستار: طاهره پورهاشمی
شابک: ISBN: 978-1-990760-01-3
موضوع: داستانهای نوجوانان فارسی
مشخصات کتاب: Paperback, A5
تعداد صفحات: ۷۲
تاریخ نشر در کانادا: مارچ ۲۰۲۳

هر گونه کپی و استفاده غیر قانونی شامل پیگرد قانونی است.
تمامی حقوق چاپ و انتشار در خارج از کشور ایران محفوظ و متعلق به انتشارات می‌باشد
Copyright @ 2022 by Kidsocado Publishing House
All Rights Reserved

Kidsocado Publishing House
خانه انتشارات کیدزوکادو
ونکوور، کانادا

تلفن: +1 (833) 633 8654
واتس آپ: +1 (236) 333 7248
ایمیل: INFO@KIDSOCADO.COM
وبسایت انتشارات: HTTPS://KIDSOCADOPUBLISHINGHOUSE.COM
وبسایت فروشگاه: HTTPS://KPHCLUB.COM

قوی سیاه فرهنگ ایران

آیا تا کنون یک قوی سیاه دیده‌اید؟

آیا شما هم باور دارید که تنها قوی سفید وجود دارد؟ باور به وجود قوی سیاه شاید دور از ذهن باشد؟ شاید هنوز یک قوی سیاه به چشم ندیده‌اید؟ قبل از کشف استرالیا هیچکس نمی‌دانست که قوی سیاه وجود دارد و همه خیال می‌کردندکه امکان‌پذیر نیست اما زمان کشف استرالیا قوی سیاه که قویی بسیار زیبا و کمیاب بود دیده شد. و بسیاری از مردم باور کردند که قوی سیاه نیز وجود دارد.

و ما، یعنی خانه انتشارات کیدزوکادو، قوی سیاه را در فرهنگ ایران بوجود آوردیم. قوی سیاهی که امکان وجود و باورش سخت بود.

هم‌زبانان ما نیز شاید از وجود یک انتشارات رسمی خارج از ایران که این امکان را به پدیدآورندگان یک اثر فرهنگی برای انتشار اثرشان در سراسر دنیا بدهد و همچنین دسترسی به کتاب فارسی را به علاقمندان کتاب در سراسر دنیا آسان کند، خبر نداشتند و انتشار و تهیه کتاب فارسی از یک بستر جامع مانند قوی سیاه غیر ممکن به نظر می‌رسید.

افتخار داریم که سهم کوچکی در گسترش فرهنگ غنی‌مان داریم و امکان انتشار آثار به فارسی و هر زبان دیگری را برای اولین بار برای نویسندگان فارسی‌زبان میسر کردیم. امکان جهانی‌شدن پیامشان و رسیدن صدایشان به دنیا را...

و اما برای ما غربت‌نشینان، سفارش کتاب فارسی از **آمازون** و یا هر وبسایت کتاب‌فروشی و دریافت‌اش درب خانه، لحظه گشودن آن بسته، بوی کتاب و ارتباط با زبان مادری بسان دیدن قوی سیاه شگفت انگیز است.

در رسالت ما یعنی، در دسترس گذاشتن سریع و آسان، آثار و فرهنگ غنی ایران و معرفی نویسندگان ایرانی به فرزندان ایران، به کتاب دوستان ایرانی و به تمام دنیا، همراه ما باشید.

بخوانید تا دنیا را احساس کنید. Read the words feel the world.

کلاب کتاب کیدزو کادو

پیامتان را جهانی کنید. Let The World, Reach your Words.

خانه انتشارات کیدزوکادو

قوی سیاه برگرفته از کتاب قوی سیاه نوشته نسیم طالب

سفر به سرزمین صفحه کلیدها

نویسنده: افسانه میرآبی

تقدیم به زنده یاد مادرم

تقدیم به روح مطهر و آسمانی ات

تقدیم به قداستت، به روح بلند و لطیفت

تو که از شیرهٔ جانت به من نوشاندی

عزیزی که هر چه دارم از شوکت، کرامت و عزت توست....

گم شدهٔ نا پیدای هستی

مادر.........

کلمات و جملات در ذهنم می‌چرخند، و چون مسافری سرگردان می‌آیند و می‌روند. بعضی از آن‌ها روی کاغذ نوشته می‌شوند و برخی دیگر هم چنان در ذهنم می‌مانند....

می مانند تا روزی آن‌ها نیز روی کاغذ نوشته و مهمان خانه‌ها شوند. ....

و در این میان این منم که مشتاقم...

مشتاق به زیستن....

مشتاق به نوشتن، به دیدن، به شنیدن و تجربه کردن.....

مشتاقم به رفتن و گام گذاشتن در مسیرهای نرفته......

به مقصدهای دور و بعید و دست نیافتنی......

به آن چیزی که دیگران از آن گریزانند و یا از آن می‌ترسند و یا رسیدن به آن را محال می‌دانند....

من مشتاقم به بودن.....

به دوام آوردن.......

به خندیدن و شاد بودن در نهایت دشواری.......

من مشتاقم به رشد کردن، به کمال رسیدن، به مبارزه کردن با سختی‌ها با دردها و رنج‌ها........

من مشتاقم که بایستم و با صدای بلند به همهٔ مردم در هر کجای دنیا که هستند بگویم : این منم، من که بر تن آرزوهایم لباس عمل پوشیدم و نا ممکن را ممکن ساختم........

پروردگارم !

هر که در دامانت پناه گرفت، هرگز طعم بی پناهی را به او نچشان، پناهش باش.

با یاد و همراهی ات آرامش را به قلب بندگانت هدیه فرما !

ای زیباترین خالق، هزاران بار سپاس لایق توست، از تو می‌خواهم به من درک و درایتی بیش از پیش ببخشی تا فرصت‌هایی را که در اختیارم قرار می‌دهی از دست ندهم و از یاد نبرم که بار دیگر فرصت پیشرفت را به من عطا کردی....

خدایا شکرت که هر لحظه مرا در مسیر درست و راه راست هدایت می‌کنی !

تو تنها هدایت گر زندگی من هستی....

شکرت که بهترین‌ها را برایم مقدر کردی.

فهرست

پیشگفتار ۱۱

فصل اول | خرید شیرین ۱۵

فصل دوم | کلاس آقای باقری ۲۰

فصل سوم | سرزمین عجیب و اسرارآمیز ۲۶

فصل چهارم | شکایت کلید [Fn] ۳۱

فصل پنجم | شکایت کلید Ctrl ۳۵

فصل ششم | شکایت کلید Alt ۳۹

فصل هفتم | شکایت کلید End ۴۳

فصل هشتم | شکایت کلید Del ۴۶

فصل نهم | شکایت کلیدهای Ctrl+C ۵۰

فصل دهم | شکایت حروف کوچک و بزرگ الفبا ۵۳

فصل یازدهم | شکایت کلید Home ۵۷

فصل دوازدهم | شکایت کلید Caps Lock ۶۱

فصل سیزدهم | شکایت کلید Space ۶۴

فصل چهاردهم | صحنهٔ تئاتر ۶۸

■— **پیشگفتار**

پروردگار متعالم را سپاسگزارم که نعمت نگارش و نویسندگی را به من ارزانی داشته، نعمتی که سالیان زیادی روحم را سیراب می‌کند، از روزگاری که مدرک لیسانس زبان و ادبیات فارسی کسب کردم و بلافاصله پس از اخذ مدرک در ابتدا به عنوان ویراستار در انتشارات «کتاب درمانی» به مدیر مسوولی «آقای حمید تقدمی» کارم را آغاز کردم. اما نوشتن را به شکل حرفه ای از سال ۸۵ و با همکاری با صدا و سیمای مرکز خراسان رضوی به عنوان نویسندهٔ برنامه دهکده و نمایشنامه رادیویی شروع کردم (بعدها متن‌های مجموعه نمایشنامه رادیویی تبدیل به کتابی با عنوان گفتگوی مهتاب شد و به چاپ رسید) در همان سال‌ها یعنی سال ۸۵ تا ۸۸ کارشناس فرهنگی مرکز سرافرازان بودم (همکاری با سازمان فرهنگی تفریحی شهرداری مشهد) به طور هم زمان سر دبیر نشریه «گفته‌ها و ناگفته‌ها» به صاحب امتیازی سازمان فرهنگی و تفریحی شهرداری مشهد نیز بودم، در سال ۹۱ تا ۹۳ با شهرداری ثامن واحد فرهنگی همکاری داشتم و در بخش‌های هنری (المان‌های شهر - نقاشی دیواری- زیبا سازی فضای شهری و....) و فرهنگی منطقه مشغول به فعالیت بودم. هم چنین : نماینده بانوان در شهرداری منطقه ۹، فعال فرهنگی و اجتماعی، مدرس دوره‌های نویسندگی کودک و نوجوان و ثبت موسسه فرهنگی و هنری با نام «بوستان آسمان مهر» با مجوز رسمی از اداره فرهنگ و ارشاد اسلامی در سال ۹۳ اخذ پروانه نشر

با نام «بوستان آسمان مهر» در سال ۹۶ نویسنده حوزهٔ کودک و نوجوان و چاپ بیش از ۱۲ عنوان کتاب برای کودکان و نوجوانان و...را در کارنامهٔ کاری خود دارم.

لازم به ذکر است تمامی کتاب‌هایی که از سال ۹۵در ایران به چاپ رسیده اند بر روی سایت انتشارات «کیدزو کادو» واقع در ونکوور کانادا قرار گرفته است.

انتشارات «کیدزو کادو» اولین انتشارات فارسی زبان در خارج از کشور است که کتاب‌های فارسی زبانان را در جهان برای فروش ارایه می‌دهد و بازاریابی می‌کند. این انتشارات نه تنها کتاب‌ها را در وب سایت کیدزو کادو ارایه می‌دهد بلکه در وب سایت‌های بزرگ فروش کتاب آمریکا، اروپا، آسیا، استرالیا و کانادا عرضه می‌کند. هم چنین کتاب‌ها در وب سایت‌های مطرح دنیا از جمله : آمازون، بارنزاند نابل، ایی بی، گودریدز و وب سایت‌های فروش کتاب در اختیار فارسی زبانان سراسر دنیا قرار می‌دهد.

کتاب «سفر به سرزمین صفحه کلیدها» با تشویق سرکار خانم ام البنین عباس زاده (محقق و نویسنده کشوری)، بعد از مطالعات فراوان علمی و تحقیقات میدانی و با همکاری و مشاورهٔ سرکار خانم زهرا سیدی کارشناس ارشد مشاوره خانواده نوشته شده وسعی کردم به خصوصیات و رفتارهای نوجوانان همراه با راهکار برای والدین و نوجوانان و مربیان آن‌ها اشاره کرده تا چراغ راهی باشد برای این عزیزان. امید که مفید و موثر بوده و بتوانیم یاری گر این گروه سنی در رسیدن به استقلال و هویت در آن‌ها باشیم. بدین وسیله مراتب سپاس خود از تلاش و زحمت‌های ارزشمند و صادقانهٔ خانم زهرا سیدی در زمینهٔ پیش بردن اهداف کاری‌ام تقدیم می‌دارم. دوست و همکار قدیمی و عزیزم در مجموعه سازمان فرهنگی تفریحی شهرداری مشهد در سال‌های ۸۸-۸۷ که در حال حاضرمشاور ازدواج، خانواده و نوجوان می‌باشند، که دارای سوابق درخشان کاری، از جمله : فعالیت در باشگاه فرهنگی اجتماعی مهر و مرکز خدمات مشاوره ای جوانان و پژوهش‌های اجتماعی آستان قدس رضوی، کارشناس فرهنگی شهرداری منطقه ۹، کارشناس آموزش فرهنگ سرای انتظار، مشاور مدرسه، مشاور مرکز مشاورهٔ «احیا» در حیطه کودک و نوجوان، خانواده، پیش از ازدواج، زوجین، فردی، معلم مقطع دبستان را در کارنامهٔ کاری خود دارند.

از درگاه ایزد منان دوام عزت و سلامت، تداوم حضور و تاثیر این بزرگوار را در مجموعه مسئلت دارم.

کتاب را در ابتدا تقدیم می‌کنم به روح مادر آسمانی‌ام، او که شب‌ها و روزها بر بالینم نشست و از شیرهٔ وجودش به من خوراند که امروز هر چه دارم بعد از لطف و عنایت خداوند، از دعای خیر او دارم، درگام بعدی کتاب را تقدیم می‌کنم به تمامی نوجوانان و آینده سازان کشورم، چرا که نوجوانی یکی از دوره‌های حساس در زندگی افراد می‌باشد که آگاهی و شناخت از این دوران و ویژگی آن ضروری

است. نوجوانی دوره ای است که فرد از دوران کودکی خارج شده و با نقش‌ها و مسوولیت‌های جدید در خانواده و جامعه روبرو می‌شود. شناخت و ویژگی‌های نوجوان و درک صحیح از این ویژگی‌ها به والدین و اطرافیان کمک می‌کند تا بتوانند به گونه صحیح تری با نوجوان خود برخورد کنند. هم چنین خود نوجوان نیز با توجه به تغییرات هورمونی و جسمی که در این دوران برایش اتفاق می‌افتد می‌تواند به خود آگاهی دست یابد و به رشد بیشتر خود کمک کند تا بتواند به سلامت از این دورۀ بحرانی عبور کند.

امیدوارم این کتاب که تلاشی اندک و ناچیز است، بتواند چراغ هدایتی باشد هر چند کوچک و ناچیز در این زمینه، امیدوارم مورد رضایت حق، مخاطبان، والدین و.... قرار گیرد و توشه ای باشد برای آخرت بندۀ حقیر، انشاء الله

ومن الله توفیق

افسانه میرآبی - مهر ماه سال ۱۴۰۱

فصل اول
خرید شیرین

پدر از سر کار به خانه برگشت، در را باز کرد در حالی که خستگی را می‌شد در صورتش دید اما بسیار خوشحال بود. لبخند زیبایی بر لبانش داشت. همهٔ اعضای خانواده متوجه خوشحالی پدر شدند و با کنجکاوی به استقبال پدر رفتند، همه با تعجب او را نگاه می‌کردند و انتظار داشتند پدرشان سخنی بگوید، ناگهان پدر دستانش را که در پشت خود مخفی کرده بود در آورد. کادوی زیبایی همراه با یک شاخه گل رز قرمز.

محمد پسر بزرگ خانواده تا کادو را دید از خوشحالی فریاد بلندی سر داد. پدر خنده‌ای کرد و گفت: محمد جان حدس می‌زنم گمان کرده‌ای که این کادو متعلق به تو است؟ محمد جواب داد: بله پدر جان. پدر هم چنان لبخند می‌زد و گفت: نه پسرم، این کادو متعلق به شما نیست.

زهرا خواهر کوچک محمد و رسول خوشحال شد و با شادی گفت: وای پدر جان، حتما این کادو متعلق به من است؟ پدر سکوتی کرد و سرش را تکان داد. زهرا فهمید که کادو متعلق به او نیست. فقط مادر و رسول مانده بودند، رسول که حدس زده بود هدیه متعلق به چه کسی است رو به پدر کرد و

گفت: پدر جان حتما این کادو متعلق به مامان می‌باشد درست حدس زدم؟ این بار پدر سرش را به نشانهٔ منفی بودن حرف رسول تکان داد و گفت: نه پسرم، حدس تو درست نبود. این کادو متعلق به شما است، به خاطر کسب نمرات بسیار خوب در درس‌هایت و شاگرد ممتاز شدنت در مدرسه.

رسول بسیار خوشحال شد، همه اعضای خانواده برای او دست زدند وبرای هدیه به او تبریک گفتند، مادر و محمد و زهرا او را تشویق کردند تا کادو را باز کند. رسول کادو را باز کرد یک کتاب علمی همراه با خودنویس و یک دفترچه یادداشت.

رسول بسیار خوشحال شده بود از پدر تشکر کرد و مشغول دیدن تصاویر کتاب بود که ناگهان پدر رو به رسول کرد و گفت: البته رسول جان این تمام هدیه‌ای که به شما قول دادم نیست. هدیه اصلی را به امید خداوند فردا به همراه مادر و محمد و زهرا جان وقتی به بازار رفتیم با سلیقه و انتخاب خودت می‌خرم. رسول که فهمیده بود پدر چه چیزی برای خرید در نظر دارد از شادی فریاد بلندی کشید و به آغوش پدر پرید و با شادی فریاد زد: وای پدر جانم ممنونم، شما قول داده بودید که اگر نمرات خوبی کسب کنم و شاگرد ممتاز شوم برایم یک لب تاب بخرید تا مثل برادرم محمد جان بتوانم با آن کار کنم.

رسول علاوه بر این که شاگرد ممتاز مدرسه شده بود علاقهٔ فراوانی به نوشتن و نویسندگی داشت و دوست داشت با کامپیوتر تایپ و طراحی و فتوشاپ و... را یاد بگیرد. پدر گفت: رسول جان بعد از خریدن لب تاب برای گذراندن اوقات فراغت تابستان و یادگیری و آموزش برای کار کردن با لب تاب پیشنهاد ثبت نام کلاس ورد را دارم تا بتوانی به راحتی مطالبی را که می‌نویسی تایپ کنی. رسول و مادر از این پیشنهاد پدر استقبال کردند.

قرار شد فردا تمام اعضای خانواده به مرکز خرید و فروش لب تاب و کامپیوتر بروند. مامان نیز از فرصت پیش آمده استفاده کرد و از پدر خواهش کرد تا فردا علاوه بر رفتن به مرکز خرید لب تاب و... سری هم به مراکز خرید بزنند تا برای زهرا لباس و کفش بخرند. پدر و دیگر اعضای خانواده موافقت کردند و قرار شد فردا برای خرید لب تاب به مرکز بین المللی تجارت کامپیوتر تک بروند. فردا همه اعضای خانواده حاضر شدند تا به مراکز خرید بروند.

منزل رسول در منطقهٔ کوهسنگی مشهد بود. چون فصل تابستان شده و زائران زیادی به شهر مقدس مشهد آمده بودند و بسیاری از آن‌ها از منطقه گردشگری کوهسنگی بازدید می‌کردند محل زندگی آن‌ها کمی شلوغ شده بود.

وقتی همه سوار ماشین شدند پدر رو کرد به فرزندان و گفت: شهر ما به خاطر وجود با برکت امام رضا (ع) و ورود زائران مختلف از سراسر ایران و جهان در ایام تابستان کمی شلوغ شده است. محل زندگی ما نیز یکی از اماکن تفریحی است که زائران از آن دیدن می‌کنند.

ما به عنوان مجاور باید مراعات حال تمام زائران حضرت را بکنیم و به خوبی از آن‌ها پذیرایی کنیم تا خاطرات خوبی از سفر به شهر مقدس مشهد برای آن‌ها به یادگار بماند و از طرفی با توجه به بحث ترافیک و شلوغی شهر پیش از پیش مسایل و مقررات راهنمایی و رانندگی را مراعات کرده و تا می‌توانیم به کم کردن بار ترافیکی شهر در این ایام و جلوگیری از تصادفات همت بگماریم.

حرف پدر که تمام شد. مادر گفت: به سخنان پدرتان اضافه کنم که بوستان کوهسنگی دومین بوستان بزرگ مشهد بعد از بوستان ملت است. کوهسنگی علاوه بر این که یک مکان تفریحی است از نظر تاریخی هم قدمت دارد.

بنا بر روایت‌ها کوهسنگی همان مکانی است که حضرت امام رضا (ع) در جریان سفر خود از مدینه به مرو به این کوه تکیه زده و فرموده اند: خداوند به آن برکت دهد.

پدر گفت: خراسان بزرگ و شهر مشهد مقدس مفاخر بزرگی دارد که فردوسی یکی از آن‌ها است. رسول درباره فردوسی در کتاب‌های درسی چیزهایی خوانده بود. این که فردوسی یکی از شاعران بزرگ ایران است و کتاب معروف او شاهنامه است.

او می‌دانست که مقبره فردوسی یکی از اماکن گردشگری می‌باشد. محمد در تکمیل صحبت‌های پدر گفت: بله پدر جان خراسان و شهر مقدس مشهد مهد پرورش افراد بزرگ و مشهور و به نامی بوده و هست، مثل: خواجه نصیر الدین توسی، جابربن حیان، ملک الشعرای بهار که همگی اهل خراسان هستند و مشهدی‌ها و خراسانی‌ها به وجود چنین شخصیت‌های بزرگی افتخار می‌کنند و به خود می‌بالند.

زهرا که تا حالا سکوت کرده بود و فقط گوش می‌کرد گفت: یادم می‌آید سال قبل وقتی می‌خواستیم نزد عمو جان در شهر اصفهان برویم مادر از بازارچه کوهسنگی برای عمو جان دیزی سنگی و صنایع دستی برای سوغات خرید. همین طور نبات و زعفران و زرشک و مهر و تسبیح، مادر گفتند که این‌ها سوغات شهر مشهد است که به عنوان سوغاتی برای عمو جان ببریم. اما پدر جان غیر از منطقه کوهسنگی که ما در آن زندگی می‌کنیم چه اماکن تفریحی دیگری وجود دارد؟

پدر با لبخند جواب داد: زهرا جان، پارک‌ها و اماکن سبز و تفریحی زیادی در مشهد وجود دارد از جمله: پارک ملت، کوهستان پارک شادی، پارک جنگلی وکیل آباد، پارک میرزا کوچک خان، پارک وحدت، پارک جنگلی طرق، باغ گیاه شناسی و... دخترم از مادرتان می‌خواهم که بقیه سوالات شما را پاسخ گو باشند، چون من باید در حین رانندگی حواسم کاملا متوجه رانندگی‌ام باشد و قوانین و مقررات را رعایت کنم.

زهرا که می‌دانست پدرش چه قدر مقررات راهنمایی و رانندگی را رعایت می‌کند از پدر تشکر کرد و بقیه بحث را به مادر واگذار کرد. مادر که متوجه شد بچه‌ها با دقت به سخنان آن‌ها گوش می‌دهند گفت: بچه‌ها شاید برایتان جالب باشد بدانید که مشهد جزء شهرهایی است که در داشتن فضای سبز مقام اول را کسب کرده است.

صحبت‌ها ادامه داشت تا این که پدر گفت: خوب عزیزان به مرکز خرید کامپیوتر (تک) رسیدیم. بعد از پارک ماشین در فضای مناسب همگی به مرکز خرید رفتند، مرکز بزرگی که چندین طبقه داشت، در آن جا لوازم جانبی و کامپیوتر و لب تاب و تعمیرات آن‌ها... وجود داشت.

رسول بعد از گشت و گذار سرانجام یک لپ تاپ نقره‌ای خرید. پس از خرید رسول همگی به پیشنهاد مادر به مرکز خرید (پروما) رفتند تا مادر برای زهرا لباس و کفش بخرد. موقعی که به مرکز خرید پروما رسیدند. پدر به فرزندان گفت: عزیزان من علاوه بر مکان‌های تفریحی که برایتان گفتم شهر مشهد مراکز خرید بسیاری دارد که زائران از آن خرید می‌کنند و از مشهد اقلامی به عنوان سوغات و تحفه برای اقوام و آشنایان خود می‌برند، از جمله مراکز خرید: الماس شرق، پروما، کیان سنتر، بازار رضا (ع)، زیست خاور هفده شهریور و...

آن روز اعضای خانواده حسابی در مراکز خرید گشت و گذار کردند و خوش گذراندند بعد از خرید و دیدن مغازه‌ها و بازار بچه‌ها حسابی خسته شده بودند. وقتی به خانه رسیدند. رسول در فکر ثبت نام برای کلاس آموزشی ورد جهت گذراندن اوقات فراغت تابستان و آموزش و یادگیری بود، تا بتواند مطالبی که می‌نویسد خودش با لب تابی که به تازگی خریده بود تایپ کرده و مهارت تایپ کردن را بیاموزد...

فصل دوم
کلاس آقای باقری

پس از جستجوی پدر و مادر در مورد کلاس‌های آموزش ورد و تایپ، نزدیک به محل سکونت بالاخره رسول در کلاس آموزشی ثبت نام کرد. کلاس‌ها ۲ روز در هفته در روزهای ۲ شنبه و ۴ شنبه هر هفته تشکیل می‌شد.

اولین جلسه روز ۲ شنبه بود. رسول مشتاق و شادمان در کلاس حضور پیدا کرد علاوه بر رسول ۶ نفر دیگر نیز در کلاس ثبت نام کرده بودند. همه روی صندلی‌های خود نشسته بودند. سکوت سنگینی در کلاس حکم فرما بود.

بچه‌ها هیچ کدام همدیگر را نمی‌شناختند و با تعجب به هم نگاه می‌کردند. همه مرتب و ساکت سر جای خود نشسته بودند، بعد از مدتی سکوت ناگهان یکی از بچه‌ها از جایش بلند شد و به همه سلام کرد و گفت: سلام اسم من میلاد است، از آشنایی با شما عزیزان خوشحالم و از این که در مدت یک دوره در کنار شما می‌توانم علاوه بر آموزش دوستان خوبی هم داشته باشم. چه قدر خوب است قبل از این که مربی مان بیاید با همدیگر آشنا شویم و خودمان را با نام کوچک معرفی کنیم.

روی صندلی اول پسر تپل و سفید پوستی نشسته بود و به سختی تکانی به خودش داد و در حالی که چیزی می‌خورد و دهانش پر بود گفت: اسم من «فرامرز» است. از آشنایی تان خوشبختم. امیدوارم بتوانیم دوستان خوبی برای هم باشیم.

نفر بعدی از جایش بلند شد او که به نظر می‌رسید کمی خجالتی و آرام و کم حرف است خودش را معرفی کرد، اسم من «فربد» است.

نفر سوم که شیطنت از چهره‌اش می‌بارید و اهل شوخی و بذله گویی بود بلند شد و خنده‌ای کرد و دستی به موهایش کشید و بعد از مکث گفت: «چاکر شما امید هستم»

نفر چهارم که مشخص بود پسری اجتماعی و خوش سخن می‌باشد با لحنی زیبا گفت: «من وحید هستم»

نوبت به رسول رسید، با احترام از جایش بلند شد و با آرامش گفت: من رسول هستم از آشنایی با همگی شما خوشحالم.

نوبت به نفر آخر کلاس رسید، او نیز خودش را معرفی کرد: اسم من «مهرداد» است.

میلاد بعد از این که همه بچه‌ها خودشان را معرفی کردند پای تخته رفت و روی آن با خط زیبایی نوشت: بسم الله الرحمن الرحیم.

میلاد هنوز سر جای خودش ننشسته بود که در باز شد و مربی جوان و بشاش و خوش اخلاقی وارد کلاس شد. میلاد فهمید که مربی به کلاس آمده است و سریع روی صندلی خودش نشست.

مربی وارد کلاس شد، در حالی که لبخند بر روی لبانش بود رو کرد به دانش‌آموزان و گفت: سلام به شما عزیزان کوشا و مشتاق. همه جواب مربی را دادند.

در ادامه گفت: من باقری هستم، مربی آموزش ورد. امیدوارم بتوانیم در کنار هم با ایجاد فضای صمیمی و دوستی علاوه بر مبحث آموزشی ورد دوستان خوبی برای هم بوده و مسایل دیگری نیز از هم بیاموزیم. آقای باقری در ادامه گفت: البته رشته دانشگاهی من کارشناسی روان شناسی می‌باشد اما با توجه به علاقه زیادی که به ورد و طراحی و فو توشاپ و....داشتم در این زمینه مهارت‌های لازم و مدرک تخصصی گرفته و به کار تدریس در این حوزه می‌پردازم.

او گفت: بچه‌ها من اصلا دوست ندارم فضای کلاس فضایی خشک باشد. و فقط من تدریس کنم، دوست دارم در طول تدریس شما هم در مباحث مطرح شده شرکت کرده و نظرات خود را ارایه

دهید تا کلاس از فضای خشک و بسته خارج شود.

من دوست دارم با روحیات، شخصیت و علاقه‌های تان آشنا شوم. دوست دارم ببینم هر کدام در چه زمینه‌ای استعداد دارید شاید بتوانم باعث رشد و ترقی و شکوفایی استعدادهای نهفته شما بشوم. امیدوارم بتوانیم در کنار هم این فضا را ایجاد کنیم.

حالا دوست دارم تک تک عزیزان از جایشان بلند شوند و خود را با نام کوچک و فامیلی معرفی کنند تا با شما آشنا شوم. دانش‌آموزان یکی یکی از جای خودشان بلند شدند و خود را معرفی کردند.

بعد از معرفی بچه‌ها، آقای باقری رو کرد به میلاد و گفت: آفرین پسرم بسم الله الرحمن الرحیم زیبا و خوش خطی پای تخته وایت برد نوشتی، آفرین میلاد جان. آموزش خط تحریری و یادگیری زیبا نویسی یکی از ساده ترین و در عین حال مهم ترین و ضروری ترین کارهایی است که هر کس در هر سطحی از زندگی و در هر سن و سالی باید انجام دهد.

خط زیبا از لازمه‌های جامعه امروزی برای هر شخصی است. کسی که خط زیبایی دارد اعتماد به نفس بالاتری دارد.

خط زیبا داشتن فایده‌های فراوانی دارد، از جمله: فایده درونی و روحی، تاثیر گذاری بر مخاطب مخصوصا در نامه نگاری‌ها و مکاتبات چرا که نوشته‌های خوش خط موثر تر است. فایده در علم و فرهنگ و بالا بردن جایگاه و منزلت فرد در اجتماع و آرامش بخشی از فواید این هنر می‌باشد.

پیامبر اکرم (ص) فرموده اند: خط زیبا به روشن شدن حق می‌افزاید.

امام علی (ع) نیز می‌فرمایند: خوش خطی از کلیدهای رزق و روزی است.

سپس آقای باقری رو کرد به سمت بچه‌ها و گفت: در بین شما دیگر چه کسانی استعداد یا هنر خاصی دارد؟ رسول دستش را بلند کرد و گفت: آقای باقری من علاقه زیادی به نویسندگی دارم و مطالبی هم نوشته ام. به امید خدا بعد از فراگرفتن ورد و تایپ حتما متن جدیدی که نوشته‌ام را تایپ می‌کنم و کارهای انجام چاپ آن و تبدیل متن به کتاب را انجام خواهم داد.

آقای باقری بسیار خوشحال شد و او را تحسین کرد و گفت: نویسنده‌ها خصوصیات ویژه و خاصی دارند. آن‌ها افراد خوش اخلاقی هستند، چون با افراد زیادی در ارتباط هستند.

معمولا افراد منظم و صبوری هستند چرا که صبر و حوصله زیادی لازم است تا دست نوشته‌ها و ایده‌ها به کتاب تبدیل شود. اهل مطالعه هستند، نویسنده بدون مطالعه مثل ماشین بدون بنزین می‌ماند. برای

نویسنده مطالعه امری ضروری و لازم است.

بعد وحید دستش را بالا گرفت و گفت: آقای باقری من علاقه زیادی به فراگیری لهجه شیرین مشهدی دارم. پدر بزرگم بسیار اهل علم و فرهنگ می‌باشد و تعصب خاصی روی لهجه مشهدی دارد. او به خوبی و روانی به لهجه و گویش مشهدی صحبت می‌کند و من هم از پدر بزرگم لهجه مشهدی را یاد گرفته ام.

آقای باقری از این حرف وحید بسیار خوشحال شد و گفت: آفرین بر تو وحید جان و هزاران درود بر پدر بزرگ شما. بچه‌ها همان طور که می‌دانید هر قوم و ملتی دارای زبان مختص خود است و در درون یک زبان، گویش‌های متنوع و لهجه‌های فراوان دیده می‌شود و هر زبان و گویش و لهجه پیام و معنا را به شیوه خاص خود منتقل می‌کند.

به همین دلیل است که هر کسی با زبان و لهجه مادری خود بهتر و شیرین تر و آسان تر می‌تواند با دیگران ارتباط ایجاد کند و پیام خود را منتقل کند. متاسفانه در سال‌های اخیر شاهد از بین رفتن زبا ن‌ها و گویش‌ها هستیم که عامل هویتی – فرهنگی و تاریخی هر قوم و ملتی هستند، که کم کم به فراموشی سپرده می‌شوند. از آن جایی که زبان ابزار انتقال دانش و اطلاعات انسان‌ها درباره طبیعت و کائنات و....است از بین رفتن زبان به ناپدید شدن بخش بزرگی از میراث فرهنگی شعرها، افسانه‌ها، ضرب المثل‌ها، لطیفه‌ها و.... می انجامد.

متاسفانه امروز ه خرده فرهنگ‌ها یا فرهنگ‌های محلی در آستانه انقراض هستند و این امر آینده فرهنگ و زبان اقوام ایرانی را تهدید می‌کند، که یکی از این گویش‌ها لهجه و گویش مشهدی می‌باشد. متاسفانه در حال حاضر جوانان و نوجوانان زیاد دوست ندارند که با لهجه محلی خودشان صحبت کنند. در این جا وظیفه ما که مشهدی هستیم و در شهر امام رضا (ع) زندگی می‌کنیم است که لهجه و گویش مشهدی را حفظ کرده و زنده بداریم.

ناگهان امید با حالتی از روی شیطنت گفت: حالا وحید جان چند تا کلمه و اصطلاح مشهدی بگو تا ما هم با گویش مشهدی آشنا شویم.

آقای باقری از این حرف خیلی خوشش امد و از وحید خواست که چند تا اصطلاح و معنی آن‌ها را بگوید.

وحید هم با خوشحالی گفت: مشهدی‌ها به گنجشک می‌گویند: چغک به مارمولک می‌گویند: کلپسه به شانس می‌گویند: شامس به پدر زن (پدر شوهر) می‌گویند: خسور به مادر زن (مادر شوهر)

می‌گویند: خوش به منقار می‌گویند: چینگ به گردنبند می‌گویند: خفتی به کمد می‌گویند: اشکاف به کوچک می‌گویند: خردو به کاسه می‌گویند: طاس به همسایه می‌گویند: همسده به چاق می‌گویند: چمبه ناگهان امید با خنده بلندی گفت: پس به لهجه مشهدی به فرامرز باید بگوییم «فرامرز چمبه» همه با هم حتی خود فرامرز زدند زیر خنده. سپس امید رو کرد به وحید و گفت: حالا به قول معروف چند تا لطیفه با زبان مشهدی و البته با ترجمه آن برایمان بگو تا فضای کلاس شاد شود.

وحید ادامه داد و گفت: عاشقانه‌های یک مشهدی: به تو که فکر مو کو نوم، مورچه‌ها دوروم جمع مرن، حتی رویاتم شیرینه یره!

از مشدی مپرسن ۱۰ تا بچه چغک درم گربه میه ۶ تا شانه مو خوره چند تا ممانه؟ مگه او دگه جا شانه یاد گیریفته میه بقیشانه م مخوره.

معلم یک اسکناس پیدا میکنه میگه: مال کیه؟ شاگرد سبزواری: مال موس، داییم بدییه!

معلم: یکی ترجمه کنه

شاگرد نیشابوری: آقا مگه مال خادشه، دییش دایش!

معلم:ای بابا! یعنی چی؟

شاگرد تربتی: آقا، ور خووی نرن! ور مگه از اویه، برار ننش بزش دایه!

شاگرد مشهدی: همه تا، خده او لهجه‌هاتان! او یرگه خونوک مگه پول ر از دائیش استونده!

وحید گفت: البته جملات و کلمات بسیار زیاد است ومن اگر بخواهم به همه آن‌ها اشاره کنم تمام وقت کلاس را خواهم گرفت.

آقای باقری از وحید برای ایجاد فضای شاد و با نشاط تشکر کرد و گفت: خوب بچه‌ها دیگر کدام یک از شما استعداد و علاقه خاصی دارد؟ مهرداد دستش را بالا گرفت و گفت: آقای باقری من علاقه زیادی به مسایل ماورایی، فضایی و تخیلی و سفر به کره ماه و سفر به زمان و...دارم. در این زمینه کتاب‌های فراوانی می‌خوانم و امیدوارم روزی بتوانم با وسیله‌ای که خودم ساخته‌ام به کرات دیگر سفر کنم.

ناگهان امید رو کرد به او و گفت: امیدوارم روزی دانشمند بزرگی شوی و با سرعت نور به کرات دیگر سفر کنی و ما را هم سوار بر سفینه فضایی خود ت بکنی و مانند این موشک کاغذی سریع به هر

مکانی که می‌خواهی فرود آیی و یک موشک کاغذی سمت او پرتاب کرد و خندید.

آقای باقری بعد از اتمام حرف‌های امید موشک کاغذی که او به سمت مهرداد پرتاب کرده بود را از روی زمین برداشت و به دانش‌آموزان گفت: بچه‌ها روزی رفتن به کره ماه و سفر به کرات دیگر برای انسان‌ها مانند یک آرزو بود اما با پیشرفت علم و تکنولوژی اکنون انسان به این آرزوی خود رسیده است.

مهرداد هم اگر در زندگی هدف خودش را مشخص کند و تلاش و کوشش داشته باشد و مصمم باشد و در راه رسیدن به هدفش نا امید نشود حتما به خواسته خودش خواهد رسید. آینده شغلی در هر حرفه به عملکرد و تلاش فرد بستگی دارد.

در این لحظه آقای باقری نگاهی به ساعت خودش انداخت و گفت: خوب بچه‌ها ۱۵ دقیقه از کلاس و آموزش گذشته است. بهتر است برویم سراغ تدریس و جلسه اول آموزش.

فصل سوم
سرزمین عجیب و اسرارآمیز

آقای باقری در ابتدا شروع درس به بچه‌ها، کلیاتی در مورد کلاس گفت. او بیان کرد که: نرم افزار word بسیار پر کاربرد می‌باشد و به عنوان مهارت چهارم از سری مهارت‌های هفت گانه کامپیوترمی باشد و اینکه نرم افزار ورد از جمله برنامه‌های بسیار مهم تمام ادارات و شرکت‌ها است.

از این نرم افزار برای تایپ فرمول نویسی، درج جدول، گزارش نویسی و...استفاده می‌شود. ورد مهم ترین ابزار تایپ در تمام شرکت‌ها است او گفت: بچه‌ها به کمک ورد می‌توانید انواع گزارش‌های متنی و تصویری را به راحت ترین شکل ممکن تهیه و منتشر کنید. این ابزار با استفاده از قابلیت‌های جدید امکان اشتراک گذاری متون و ویرایش از راه دور را برای بسیاری از کاربران خود فراهم کرده است. از مخاطبان ویژه این دوره، دانشجویان و دانش‌آموزانی هستند که می‌بایست پایان نامه و گزارش فعالیت خود را در انتهای دوره آموزشی خود ارایه کنند.

من در دوره‌های قبل نیز مانند شما دانش‌آموزان فراوانی داشتم و همیشه به آن‌ها می‌گفتم فقط هدف تدریس و فرا گرفتن ورد و تایپ و... نیست. مخصوصا تایپ و آشنایی با صفحه کلید و این که هر کلید چه نقشی در تایپ دارد. شما باید نقش و ارتباط کلیدها را در زندگی واقعی خود کشف و اجرا کنید.

من به تمام دانش‌آموزانم می‌گویم فرا گرفتن ورد خوب است اما چه بهتر بتوانیم نکات کلیدی که از این آموزش یاد می‌گیریم در زندگی روزانه خود به کار بگیریم. در این هنگام فربد که دانش‌آموزی آرام و خجالتی بود و تا حالا در بحث‌ها شرکت نکرده بود دستش را بالا برد و از آقای باقری پرسید: ببخشید آقای باقری می‌شود در این زمینه بیشتر توضیح بدهید؟ آقای باقری گفت: بله حتما پسرم، اما قبل از آن که در این مورد توضیح بدهم می خواهم چیزی از تو بپرسم. فربد جان تمام بچه‌ها در مورد استعداد و علاقه خود صحبت کردند اما شما در این باره چیزی نگفتید. آیا چیزی یا کاری هست که به آن علاقمند باشی و بتوانی مطرح کنی؟

فربد که از خجالت صورتش سرخ شده بود بعد از کمی مکث کردن گفت: آقای باقری من علاقه زیادی به پرورش گل و گیاه دارم. روش تکثیر و قلمه زدن و نگهداری گل‌ها و گیاهان را می‌دانم. در منزل کلی گل و گلدان داریم که نگهداری و رسیدگی آن‌ها با من می‌باشد. چون من واقعا نگهداری از گل‌ها و گیاهان را دوست دارم و به من آرامش می‌دهد. آقای باقری که بسیار خوشحال شده بود که بالاخره فربد هم صحبتی کرده و در بحث مشارکت کرده بود و علاقه‌اش را مطرح کرده او را بسیار تحسین کرد و گفت: آفرین فربد جان. پرورش گل و گیاه یکی از کارهای بسیار خوبی است که به ما آرامش داده و باعث ایجاد شادی و نشاط در دیگران نیز می‌شود. برای اغلب افراد گل‌ها بسیار قدرتمند هستند و می‌توانند به بهبود حال آن‌ها کمک کنند.

اکنون می‌توانید درک کنید که چرا افراد از دریافت گل به عنوان هدیه خوشحال می‌شوند. وقتی شخصی گلی را به عنوان هدیه دریافت می‌کند آن گل به او کمک می‌کند تا احساسات منفی خود را رها کند و به حس بهتری دست یابد. انرژی منفی توسط طبیعت جذب می‌شود و صدمه‌ای به آن نمی‌زند، به همین دلیل است هنگامی که گرفتار استرس یا اضطراب هستید با رفتن به گردش در جنگل یا طبیعت خود به خود به آرامش بیشتری دست پیدا می‌کنید. گل‌ها و گیاهان و درختان معمولا بهترین هدف برای تخلیه انرژی هستند.

البته محل‌های دیگری برای تخلیه انرژی منفی هستند. مانند: استخر، دریا، دریاچه و....هر چه حجم آب بیشتر باشد قدرت تخلیه انرژی هم بیشتر است. آب انرژی منفی را جذب می‌کند حتی خوردن آب در موقع عصبانیت به شما کمک می‌کند که انرژی منفی را تخلیه کنید. البته بچه‌ها به خاطر این مساله نباید در استفاده و مصرف آب اسراف و زیاده روی کنیم. چرا که ما هر ساله مخصوصا در فصل تابستان با کمبود آب موجه هستیم. هم چنین چیزهای طبیعی مثل دیدن باران، قدم زدن زیر باران، آتش، هوای دل پذیر، برف و....می توانند برای تخلیه انرژی منفی سودمند باشند. سپس رو کرد

به فربد و گفت: و اما جواب سوال شما!

بچه‌ها کلیدها در کامپیوتر و در تایپ بسیار مهم هستند اما در زندگی مهم تر! وقتی به کاربرد کلیدها رسیدیم حتما این موارد را در آن جا به طور کامل به شما توضیح می‌دهم. اما به عنوان مثال چند نمونه را بیان می‌کنم ESC دکمه برای توقف یا لغو یک عمل به کار می‌رود.

نام این کلید از ابتدای واژه ESC به معنای گریختن یا فرار کردن گرفته شده است. در بعضی موارد در زندگی شخصی مان یک عمل اشتباه را بارها و بارها تکرار می‌کنیم. و هیچ وقت آن اشتباه را متوقف نمی‌کنیم یا آن عمل را لغو نمی‌کنیم و هم چنان به انجام آن عمل ادامه می‌دهیم. یا در بسیاری از صحنه‌های زندگی باید بایستیم و مشکل را حل کنیم نه این که از آن موقعیت فرار کرده و به جای حل مساله صورت مساله را پاک کنیم. فرار کردن و گریختن راه حل درست مشکل نیست و حتما این رفتار درد سر آفرین خواهد شد. یا یک مثال دیگر: بسیاری از افراد اخمو هستند و هیچ گاه لبخند نمی‌زنند، آن‌ها افراد شاد و بشاشی نیستند.

بچه‌ها دین ما و ائمه (ع) و پیامبر اکرم (ص) ما را به خوش اخلاقی و بشاش بودن و گشاده رویی سفارش بسیاری کرده اند. من همیشه به دانش‌آموزانم می‌گویم: لبخند فراموشتان نشود. لبخند شما درون کائنات دقیقا حکم wifi گوشی‌تان را دارد. اگر لبخند به لب دارید، اگر شاد هستید، اگر روحیه تان عالی است یعنی متصل به شعور نا محدود جهان و کائنات هستید. در غیر این صورت خاموش هستید و متصل نیستید، چون انرژی مثبت کائنات جذب انسان‌های مثبت و شاد می‌شود و تنها نشانه شادی چهره بشاش و لبخند است. لطفا همین حالا وای فای لبخندتان را روشن کنید. بعد از صحبت‌های آقای باقری امید در حالی که لبخند می‌زد گفت: وای فای لبخند من و آقای باقری همیشه روشن است. همه از این حرف زدند زیر خنده. حرف‌های آقای باقری برای بچه‌ها خیلی جالب بود، آن‌ها هیچ گاه این گونه به مبحث آموزشی نگاه نکرده بودند. همگی دوست داشتند هر چه زودتر به آموزش تایپ برسند تا بتوانند از تجربیات آقای باقری و راهنمایی ایشان در زندگی واقعی خودشان نیز استفاده کنند. بحث آموزش تایپ از یک طرف جذاب و شیرین بود، اما بحث دکمه کلیدها و کاربرد آن‌ها در زندگی واقعی مساله‌ای تازه و واقعا دل چسب بود.

بچه‌ها لحظه شماری می‌کردند تا هر چه زودتر به مبحث تایپ برسند تا این که سرانجام آن‌ها به بحث تایپ رسیدند. آقای باقری نام کلیدها و نقش آن‌ها را در تایپ مطرح می‌کرد همه دوست داشتند که آقای باقری ارتباط صفحه کلیدها را با زندگی واقعی مطرح کند. در این حین امید رو کرد به مهرداد و با شوخی به او گفت: چه قدر خوب می‌شد که تو ماشین زمانی اختراع می‌کردی تا همگی به سرزمین

صفحه کلیدها سفر می‌کردیم و در آن جا می‌دیدیم که این صفحه کلیدها چه کار می‌کنند؟ مهرداد در جواب گفت: بهتر است خودت وردی بخوانی تا همگی به آن سرزمین سفر کنیم و از دنیای اسرار آمیز صفحه کلیدها آگاه شویم.

امید از سر جای خودش بلند شد و در حالی که خود کارش را مانند چوب دستی جادوگرها تکان می‌داد گفت: خوب حالا همگی آماده باشید، اجی مجی لا ترجی... می خواهم ورد بخوانم تا....هنوز صحبت‌های امید به پایان نرسیده بود که تما م دانش‌آموزان به همراه آقای باقری خود را در یک تونل دیدند که با سرعت نور پرواز می‌کردند و در هوا معلق بودند. در انتهای تونل نور آبی رنگی دیده می‌شد. همگی از تونل به بیرون پرتاب شدند و خود را درون سرزمین عجیب و غریبی دیدند. آن جا سرزمینی عجیب بود پر از لب تاب‌ها و کامپیوترهای خراب، موس‌های از کار افتاده، سیم و شارژر و سیستم‌های قدیمی و کهنه از کار افتاده. آقای باقری و بچه‌ها همگی از تعجب شوکه شده بودند

مهرداد با عصبانیت به امید گفت: همش تقصیر تو است! از بس مسخره بازی در آوردی! معلوم نیست ما کجا آمده ایم؟ امید هم در جواب مهرداد گفت: اصلا به من چه مربوط است؟ من داشتم شوخی می‌کردم.

من هم مثل تو و بقیه بچه‌ها نمی‌دانم وارد چه سرزمینی شده ایم و چرا این جا هستیم؟ اصلا این جا کجا است؟ آقای باقری که متوجه شد بچه‌ها کاملا گیج و سرگردان و مضطرب شده اند گفت: بچه‌ها حالا موقع بحث و جدال نیست. ما باید بفهمیم که به کجا آمده ایم؟ چرا این جا هستیم؟ و چه طور می‌توانیم به محل زندگی خودمان باز گردیم؟ ناگهان بچه‌ها و آقای باقری متوجه صداهای عجیبی شدند، همه به پشت سیم‌ها و موس‌های کهنه انبار شده پنهان شدند. آن‌ها دیدند که کلیدها به اندازه انسان‌ها هستند و در آن جا رفت و آمد می‌کنند و بچه‌ها و آقای باقری آن قدر کوچک شده بودند که به اندازه کلیدهای صفحه لپ تاپ شده بودند. آقای باقری به بچه‌ها گفت: بچه‌ها سکوت کنید تا ببینیم این جا چه خبر است؟

آن‌ها متوجه شدند که وارد شهر صفحه کلیدها شده اند. در آن جا زمان و تاریخ به صورت دقیقه به دقیقه و بسیار دقیق و منظم اعلام می‌شد. شهر پر بود از کلید و صفحات شیشه‌ای بزرگ که همه چیز در آن نمایش داده می‌شد.

آقای باقری به بچه‌ها گفت: بچه‌ها من فکر می‌کنم شوخی امید به واقعیت پیوسته. ما وارد شهر کلیدها شده ایم و آن صفحات شیشه‌ای که در تمام شهر می‌باشند و می‌توان همه چیز را در آن دید صفحات مانیتور هستند. ساکت و آرام باشید تا آن‌ها متوجه حضور ما نشوند. شاید اگر متوجه حضور ما

شوند خطر یا خطراتی ما را تهدید کند. باید شهر را به صورت پنهانی جستجو کنیم تا ببینیم آیا انسان دیگری غیر ما هم در این شهر حضور دارد یا نه؟

بچه‌ها کمی ترسیده بودند. اما از این که در کنار مربی خودشان بودند احساس امنیت و آرامش می‌کردند. بعد از رفتن کلیدها و خلوت شدن آن جا، بچه‌ها به همراه آقای باقری برای جستجو در شهر به راه افتادند.

آن‌ها درون شهرشان درست مانند انسان‌ها رفت و آمد می‌کردند. مدرسه، کتابخانه، مغازه، فروشگاه و.... داشتند. و اهمیت ویژه‌ای به آموزش می‌دادند. بچه‌ها و آقای باقری در حال جستجو بودند که ناگهان رسول از دور متوجه چیزی شد. خوب با دقت نگاه کرد در جایی که حالت زندان داشت تعدادی از انسان‌هایی درست مانند خودشان را دید، سریع به آقای باقری و دیگر بچه‌ها اطلاع داد و به پیشنهاد آقای باقری به آرامی نزدیک آن‌ها رفتند. آقای باقری تا نزدیک آن‌ها رسید همگی آن‌ها را شناخت. آن زندانی‌ها تمام شاگردانی بودند که در دوره‌های قبلی نزد آقای باقری دوره‌هایشان را گذرانده بودند. شاگردان تا چشمشان به آقای باقری افتاد خوشحال شدند و با نگرانی گفتند: آقای باقری، شما این جا چه کار می‌کنید؟

نمی دانید چه قدر از دیدن شما خوشحال شدیم. ما نا خواسته به این سرزمین آمده ایم. ما توسط کلیدها زندانی شده و محاکمه خواهیم شد. و معلوم نیست چه سرنوشتی در انتظار ما خواهد بود؟ آقای باقری که کاملا گیج شده بود و نمی‌دانست چه کار باید بکند به بچه‌ها قوت قلب داد و روحیه آن‌ها را بالا برد و به آن‌ها قول داد که حتما راه نجات و فراری پیدا خواهد کرد. در این هنگام ناگهان صدایی به گوش رسید. صدایی که می‌گفت: خوب حالا نوبت نفر بعدی است، او را برای محاکمه و صدور حکم نهایی به دادگاه بیاورید. آقای باقری به بچه‌ها گفت: بچه‌ها هر چه زودتر و سریع باید این محل را ترک کنیم. چرا که ممکن است ما نیز گرفتار شویم. به بچه‌های زندانی شده نیز قول داد که حتما مجدد نزد آن‌ها آمده و کمکشان خواهد کرد. همگی پشت کامپیوترهای فرسوده و بلا استفاده پنهان شدند و از دور ناظر صحنه‌ها بودند.

فصل چهارم
شکایت کلید [Fn]

یکی از کلیدها در زندان را باز کرد و یکی از بچه‌ها را با خودش برد. در جایی تمام کلیدها جمع شده بودند و هر کلید یک سلطان داشت که در یک سمت روی صندلی نشسته بود و زندانی را مقابل او نشاندند.

قاضی شروع کرد به صحبت کردن و رو به کلید سلطان Fn کرد و گفت: خوب حالا نوبت تو است، شروع کن! کلید Fn قبل از این که سخنانش را شروع کند به سمت صفحه شیشه‌ای بزرگی رفت، ناگهان بر روی صفحه چیزی ظاهر شد، آقای باقری و تدریس او را نشان می‌داد.

آقای باقری و بقیه بچه‌ها که از پشت کامپیوترهای فرسوده نظاره‌گر ماجرا بودند خیلی تعجب کردند، رسول، امید، فربد و... همه داشتند تمام صحنه‌های قبلی تدریس آقای باقری را که از صفحه شیشه‌ای بزرگ نمایش داده می‌شد می‌دیدند. آقای باقری حتی تاریخ آن روزها را به یاد می‌آورد.

دکمه Fn گفت: ببینید در این جلسه تدریس در روز... تاریخ... سال... مربی به دانش‌آموزان کاربرد مرا در صفحه کلید برای دانش‌آموزان شرح داد و علاوه بر آن ارتباط من با زندگی شخصی و واقعی را

بیان کرد. سخنان مربی را گوش دهید: سپس سخنان آقای باقری همراه با تصویر مانند فیلم از صفحه شیشه‌ای پخش شد: آقای باقری سر کلاس به بچه‌ها می‌گفت: بچه‌ها من هم مانند شما روزی نوجوان بوده‌ام و این دوران بحرانی را سپری کرده ام، من کاملا شما را درک می‌کنم. دوران نوجوانی دوران حساسی است. فرد در دوران نوجوانی می خواهد از دوران وابستگی کودکانه به سمت استقلال حرکت کند و در محیط خانواده و مدرسه استقلال بیشتری داشته باشد و خودش برای خودش تصمیم بگیرد.

فرد در دوران نوجوانی در مورد مسایل پیرامون خود دچار شک و تردید می‌شود و گاهی اوقات برای رسیدن به اهداف و خواسته‌های خود با دیگران و اطرافیان و حتی والدین خود مخالفت می‌کند.

ممکن است خواسته‌ها در نوجوانان و نپذیرفتن این واقعیت توسط والدین منجر به ایجاد تنش و دوگانگی شود، به همین دلیل این دوران یکی از پر تنش ترین دوره‌های زندگی هر فرد محسوب می‌شود. محیط و فضای خانواده و نحوه ارتباط والدین با نوجوان در این دوره در تکامل و شکل گیری شخصیت نوجوان نقش مهمی دارد. من همیشه از والدین و مربیان خواسته‌ام تا توجه همه جانبه به نیازهای نوجوانان داشته و نیازهای پایه آن‌ها را برآورده کنند...

نوجوان را محترم شمرده و به شخصیت و حقوق او احترام گذاشته و به نیازهای او توجه کرده و او را همان طور که هست بپذیرند. که این امر از مهم ترین اصول برقراری ارتباط است. آن‌ها باید به کسب هویت نوجوان اعم از هویت مالی – تحصیلی – شغلی و....توجه کنند وبه نوجوان مسوولیت داده و با او مشورت کنند و تصمیم گیری نهایی را به او واگذار کنند. البته مخالفت والدین یا صحبت‌های آن‌ها دلیل بر درک نکردن یا ندیده گرفتن یا قبول نداشتن نوجوان نیست.

پدر و مادر و مربیان دلسوزترین افراد و بهترین دوست ما در دوران کودکی، به ویژه نوجوانی و جوانی و حتی بزرگسالی هستند، که باید از راهنمایی‌ها و سخنان آن‌ها استفاده لازم را کرد. دوران نوجوانی و سن بلوغ در دختران از ۱۰ تا ۱۴سالگی و در پسران از ۱۳ تا ۱۶ سالگی تعریف شده است، درست همین سنی که شما عزیزان هستید.

نوجوان در این سن نه دیگر کودک است و نه بزرگسال، فکر می‌کند کسی زیاد او را جدی نمی‌گیرد. اما او در این دوران طلایی می‌تواند کارهای بسیار مهم و زیادی انجام بدهد و از انرژی فراوان این دوره به خوبی استفاده کند. اگر هم دیده نشود، این امر نباید باعث شود که نوجوان فردی منزوی، یا خجالتی باشد. مثلا دکمه Fn با این که دیده نمی‌شود و زیاد به چشم نمی‌آید، کلی کاربرد دارد.

این کلید صدا را برای ما کم و زیاد می‌کند بلند گوی داخلی را بی صدا می‌کند، روشنایی مانیتور

را افزایش یا کاهش می‌دهد، صفحه کلید را قفل می‌کند سپس تصویر و صدای آقای باقری قطع شد. دکمه Fn رو به قاضی کرد و گفت: آقای قاضی من از این دانش‌آموز شکایت دارم.

با وجود صحبت‌های مربی خودش او به این امر توجه نمی‌کرد و در زندگی شخصی خود این مسایل را به کار نمی‌برد. او فردی منزوی و خجالتی است، و همیشه فکر می‌کند حرفی برای گفتن ندارد و نمی‌تواند کاری انجام دهد، با دوستان خودش معاشرت نمی‌کند، به توانمندی‌های خود باور ندارد و همیشه با خودش فکر می‌کند کسی به او توجهی نمی‌کند و فکر می‌کند والدین او توجه و اهمیتی به او نمی‌دهند و فکر می‌کند کسی او را در خانواده نمی‌بیند و وجود او اهمیت زیادی ندارد.

من از این دانش‌آموز شکایت دارم و از آقای قاضی می‌خوام که حتما به این امر رسیدگی کنید. بعد از تمام شدن صحبت‌های دکمه Fn قاضی رو کرد به زندانی و گفت: آیا حرفی برای گفتن داری؟ فرد که متوجه اشتباه و رفتار نادرست خود شده بود چیزی برای گفتن نداشت.

سکوت کرد و سرش را پایین انداخت. در این هنگام قاضی گفت: خوب با توجه به صحبت‌ها و تصاویری که دیدیم و شکایت دکمه Fn رأی نهایی را صادر می‌کنم. این فرد رفتار ناپسندی داشته و باید به دوره نوزادی برگردد تا مجدد دوران زندگی خود را از نوزادی تا نوجوانی با آگاهی و شناختی که پیدا کرده است طی کند. فرد زندانی از صدور این رأی بسیار ناراحت شده بود و هر چه از قاضی خواست تا رأی را به تعویق بیندازد یا فرصت دیگری به او بدهد فایده‌ای نداشت.

قاضی گفت: تو در مدت زمانی که به کلاس می‌رفتی و در شهر خود زندگی می‌کردی فرصت‌های خیلی زیادی داشتی و باید از آن‌ها استفاده می‌کردی که متاسفانه قدر لحظات و سخنان مفید مربی خود را ندانستی و آن‌ها را در زندگی به کار نبردی و حالا باید مجازات شوی. قاضی دستور داد تا زندان بان زندانی را به زندان ببرند.

زندانی در حالی که داد می‌زد و گریه می‌کرد و التماس می‌کرد به زندان خودش برده شد. آقای باقری و بچه‌ها که داشتند این صحنه‌ها را مشاهده می‌کردند خیلی ناراحت شدند. آقای باقری گفت: بچه‌ها ببینید دقیقا این همان چیزی بود که من همیشه در بحث تدریس به آن اشاره می‌کردم و برایم مهم بود.

ارتباط کلیدها با زندگی شخصی و اجتماعی هر فرد. اما گویی دانش‌آموزان قبلی زیاد به این امر توجه نکرده بودند و اکنون به درد سر افتاده اند و گرفتار شده اند. بچه‌ها ما باید ببینیم در روزهای آینده چند نفر از دانش‌آموزان قبلی محاکمه می‌شوند و چه سرنوشتی در انتظار آن‌ها است؟

در این زمان راه فراری برای خودمان و دوستان زندانی پیدا کنیم و به شهر خودمان برگردیم. فرامرز که

خیلی دلش برای شهر و دوستان و خانواده‌اش تنگ شده بود، گفت: آقای باقری دلم برای شهر و خانه و خانواده و دوستانم خیلی تنگ شده است، دوست دارم هر چه زودتر پیش آن‌ها برگردم.

در این لحظه تمامی بچه‌ها حرف او را تایید کردند. آقای باقری رو کرد به بچه‌ها و گفت: از طرفی ناراحت هستم که از شهر و خانواده و دوستان خود دور افتاده ایم. اما از طرف دیگر این دوری می‌تواند درس بزرگی برای همه ما باشد.

ما باید نسبت به شهر و جامعه و وطنی که در آن زندگی می‌کنیم حس غیرت داشته باشیم. شاید در زندگی و در آینده در شرایطی قرار بگیریم که مجبور باشیم از کشور خود، خانواده، اقوام و دوستان و.... دور باشیم. باید قدر وطن، شهر، خانواده، اقوام و دوستان... خود را بدانیم. از بودن و کنار هم زندگی کردن لذت ببریم و فرد مفیدی برای کشور و خانواده و دوستان و....خود باشیم. باید در هر جایی که هستیم افتخار آفرین باشیم و نام کشور خود را زنده بداریم.

دادگاه محاکمه به پایان رسیده بود و کلیدها داشتند آن جا را ترک می‌کردند. بچه‌ها و آقای باقری هم خسته شده بودند و به شدت گرسنه بودند. صدای غر غر شکم امید بلند شد و آقای باقری گفت: مثل این که خیلی گرسنه ای؟

امید خنده‌ای کرد و گفت: بله آقای باقری، از گرسنگی روده کوچیکه داره روده بزرگه رو می‌خوره. فرامرز که کیفش را پر از تنقلات و بیسکوییت و شکلات کرده بود.

بیسکوییت‌ها را از کیفش در آورد و به بچه‌ها و آقای باقری داد و به آن‌ها امیدواری داد که حالا حالاها چیزی برای خوردن و رفع گرسنگی دارند، چرا که کیفش مملو از تنقلات و خوراکی بود.

امید خنده‌ای کرد و گفت: آفرین فرامرز چمبه، نمردیم و دیدیم که تپل مپل کلاس هم مفید بود و شکمو بودن و پر خوری یه جایی به درد خورد. بچه‌ها همه زدند زیر خنده. بعد از آن به توصیه آقای باقری مجدد به سمت زندان رفتند تا احوال بچه‌ها را بپرسند تا فردا که نظاره‌گر دادگاه و محاکمه دیگر زندانی‌ها و این که چه سرنوشتی در انتظار دیگر زندانی‌ها خواهد بود باشند...

فصل پنجم
شکایت کلید Ctrl

فـردای آن روز مجـدد محـاکمه کـردن و دادگاه در سرزمین صفحـه کلیدهـا شـروع شـد و بـه زنـدان بـان دستور داده شد تا زندانی بعدی را برای محاکمه بیاورند. زندان بان به سمت زندان رفت و نفر بعدی را آورد.

آقای باقری و بچه‌ها داشتند به صـورت پنهانی و از دور صحنه‌هـا را مشـاهده می‌کردنـد. ایـن دفعـه دکمه Ctrl شاکی بود.

دکمه سـلطان Ctrl در جایگـاه مخصوص خـودش حضور داشت و زندانـی را روبه روی او نشـاندند. مانند روز قبل صفحه شیشه‌ای بزرگ روشن شد و تصاویر و گفته‌های آقای باقری در کلاس پخش شد: بچه‌های عزیزم، سلام درس امروز در مورد دکمه Ctrl می‌باشد.

دکمه فوق از پر کاربرد ترین دکمه‌ها می‌باشد. بچه‌ها می‌خواهم ارتباط بسیار مهم این دکمه با رفتار و کردار نوجوانان را در زندگی شان بگویم.

نوجوانی دورانی است که ممکن است فرد دست به رفتارهایی مانند: میل به فریاد زدن، مضطرب

شدن، میل به پرخاشگری، زود رنجی، قهر و خشم پیدا کند. و این علایم رفتاری جزء رفتارهای این دوران می باشد. اما عزیزان من شما باید در زندگی یاد بگیرید که روی رفتار و کردار خودتان کنترل داشته باشید. اگر خدای نکرده این خشم، پرخاشگری و... کنترل نشود ممکن است آسیب‌های زیادی به خود نوجوان و اطرافیان او بزنند.

بسیاری از قتل‌های نا خواسته، نقص عضوها و حوادث ناگوار می‌توانند به دلیل عدم کنترل خشم به وجود بیاید، بچه‌ها اگر بگویم که ۹۵ درصد قتل‌ها، در پی درگیری‌های کوتاه و ناگهانی لفظی صورت می‌گیرد بی راه نگفته ام. چرا ماشینت را جلوی در ما پارک کردی؟ آینهٔ ماشینت به آینهٔ ماشین من خورد! حواست کجاست؟ به من تنه زدی و....ما تقریبا همهٔ ما مهارتی به نام «کنترل خشم» نداریم، بی هیچ تعارفی سر همین یک مورد هم ممکن است روزی نا خواسته قاتل یا مقتول شویم.

همین نکته را به یاد داشته باشیم و تمرین کنیم: هرگاه خشمگین شدیم یا با فرد خشمگینی مواجه شدیم دقایقی را صبر و سکوت کنیم، حتی بعضی‌ها می‌گویند تا ۱۰۰ بشمارید.

عصبانیت مانند رگباری است که زود می آید و زود می‌گذرد، آن مدت کوتاه را باید مدیریت کنیم و از حالا برای خودمان تعریف کنیم که اگر در موقعیت خشم قرار گرفتیم چه کاری خواهیم کرد؟

جالب است که تمامی این افراد بعدا از کار خود پشیمان می شوند و اظهار ندامت می‌کنند، اما دیگر پشیمانی سودی ندارد چرا که در لحظه کوتاهی نتوانسته اند خشم و عصبانیت خودشان را کنترل کنند. البته در این میان نقش والدین و اطرافیان برای کنترل خشم و پرخاشگری بسیار حائز اهمیت می‌باشد: والدین و اطرافیان باید قوانین واضحی وضع کنند که نوجوان در صورت زیر پا گذاشتن آن‌ها باید پاسخ گو باشد. البته این قوانین باید در زمان آرامش ایجاد شوند.

والدین باید با نوجوان خود صحبت کرده و سبک زندگی سالم را ترویج دهند، سبک زندگی سالم با آموزش مهارت های زندگی، با ورزش روزانه، تغذیه سالم و خوب و مناسب باید در خانه ترویج داده شود. کم خوابی می‌تواند استرس را افزایش دهد. والدین باید خودشان الگوهای تاثیر پذیر و خوبی برای نوجوان پرخاشگر خود باشند و از نوجوان خود انتظارات منطقی داشته و وقت کافی برای نوجوان خود بگذارند، آن‌ها باید ارتباط کلامی و عاطفی خوبی با نوجوان برقرار کنند، از افراط و تفریط پرهیز کنند و در محیط خانواده امنیت روانی ایجاد کنند. اما عزیزان من سخنانی با شما دارم، با تمامی شما نوجوانان: بچه‌ها استفاده از تکنولوژی را محدود کنید، من مخالف استفاده از تکنولوژی و فضای مجازی و...نیستم. اما نباید بیش از اندازه وابسته و اسیر فضای مجازی شوید، این امر می‌تواند پیامدهای بسیار بدی هم از لحاظ آسیب زدن به جسم و سلامت شما و هم آسیب‌های

فراوان روحی و روانی داشته باشد.

نگاه کردن طولانی مدت به صفحه گوشی و کامپیوتر بر خواب شما تاثیر منفی می‌گذارد و هم چنین باعث تحریک پذیری نیز می‌شود. از بازی‌ها و برنامه‌های تلویزیونی، فیلم‌ها، و موسیقی‌های خشونت آمیز استفاده نکنید چرا که احتمال بروز پرخاشگری و رفتارهای خشونت آمیز را افزایش می‌دهد. کارهایی که باعث اضطراب در شما می‌شوند را محدود کنید مانند دنبال کردن مدام اخبار یا رسانه‌های اجتماعی.

بچه‌های عزیز شما باید برای یافتن سرگرمی خوب تلاش کنید، فعالیت‌های آرامش بخش را در برنامه روزمره خود بگنجانید مانند خواندن کتاب مورد مناسب، نقاشی کردن، نوشتن و...

در هنگام اضطراب و استرس یک نفس عمیق بکشید، با یک دوست یا فردی که مورد اعتمادتان است صحبت کنید و از دیگران کمک بگیرید، با والدین، مربیان خود زمان مفید و مناسبی بگذارید، البته این وقت گذاشتن باید متقابل باشد. یعنی والدین هم باید برای نوجوان خود وقت کافی و مفید ی را اختصاص دهند. به نیازهای اولیه بدنتان توجه کنید. پس از آن تصویر آقای باقری و صحبت‌های او قطع شد.

دکمه Ctrl رو کرد به آقای قاضی و گفت: آقای قاضی من از این فرد شکایت دارم، او هیچ کدام از صحبت‌های مربی خود را در زندگی به کار نبرده او فردی بوده که زود عصبانی شده و داد و فریاد می‌زده است، حتی اجسامی را پرتاب کرده یا آن‌ها را می‌شکسته و....

آقای قاضی رو کرد به زندانی و گفت: آیا حرفی برای گفتن و دفاع از خود داری؟ پسرک که تازه فهمیده بود چه رفتار و اعمال نادرستی انجام داده است از شرمندگی سر خودش را پایین انداخته بود و حرفی برای گفتن نداشت.

آقای قاضی وقتی دید که او حرفی ندارد رأی نهایی را صادر کرد و با صدای بلند رأی را خواند: با توجه به گفتگوهای مربی و دکمه Ctrl رأی صادر شده برای این دانش‌آموز نوجوان که مرتکب اشتباه شده، این است که ما خودمان کنترل مغز او را به دست بگیریم و برای او مانند یک آدم آهنی برنامه ریزی کنیم و او هیچ حقی ندارد که خودش برای زندگی، رفتار و کردار خودش تصمیم بگیرد.

فرد زندانی تا این حرف‌ها را شنید بسیار ناراحت شد و شروع کرد به التماس و گریه و زاری و این که حتی یک مدت کوتاه وقتی به او داده شود تا جبران کند. اما قاضی بیان کرد که رأی صادر شده و هرگز تغییر نخواهد کرد. به دستور قاضی و...زندانی به زندان خود برگردانده شد و محاکمه به پایان رسید و

همه کلیدها محل را ترک کردند.

آقای باقری رو کرد به بچه‌ها و گفت: بچه‌ها کاربرد این دکمه در زندگی بسیار مهم است. حتما برای شما هم اتفاق افتاده که سریع خشمگین می‌شوید و اختیار خود را از دست می‌دهید و شروع به داد و فریاد می‌کنید. بیشتر بچه‌ها به نشانه تایید حرف‌های آقای باقری سر خود را تکان دادند.

آقای باقری به آن‌ها گفت: ببینید رعایت نکردن حرف‌هایی که من در مورد کنترل خشم و قهر و... زدم. در زندگی شخصی چه قدر مهم می‌باشد و دکمه کنترل چه قدر از دست آن دانش‌آموز قبلی کلاس من ناراحت شده بود، که کنترلی روی رفتار و کردار خودش نداشته است.

بچه‌ها ما می‌توانیم با دیدن این صحنه‌ها و مرور سخنان من در کلاس، درس‌های بزرگی بگیریم و آن‌ها را در زندگی به کار ببندیم. سپس به پیشنهاد آقای باقری همگی به سمت زندان رفتند تا جویای حال فردی که به تازگی محاکمه شده و برایش رأی صادر شده بود بشوند و این که ببینند در روزهای آینده دادگاه چه کسانی را و برای انجام چه اعمال و رفتار نادرستی محاکمه می‌کند و برای هر کدام از آن‌ها چه حکم و رایی صادر می‌کند؟

فصل ششم
شکایت کلید Alt

آقای باقری و بچه‌ها پیش زندانی‌ها شب را به صبح رساندند، آن‌ها با زندانی‌ها حرف زده و به آن‌ها قوت قلب می‌دادند و امیدوار که بتوانند راه فراری برای خود و آن‌ها بیابند. صبح شده بود و مطابق هر روز یک نفر از بچه‌های زندانی شده را برای محاکمه و صدور حکم به دادگاه صفحه کلیدها می‌بردند.

آقای باقری به بچه‌ها متذکر شد که باید هر چه سریع تر محل را ترک کنند، چرا که ممکن است دیده شوند و آن‌ها نیز گرفتار شوند و دیگر نتوانند کاری برای خود و دوستان زندانی شان انجام دهند.

بچه‌ها به همراه آقای باقری به پشت کامپیوترهای فرسوده و موس‌های از کار افتاده و سیم‌های خراب و در هم تنیده رفتند تا از دور شاهد صحنه‌های محاکمه باشند. مثل روزهای قبل سر ساعت و به صورت دقیق همه کلیدها جمع شدند و دادگاه شروع به کار کرد.

قاضی و تمام کلیدها جمع شدند و به دستور قاضی فرد زندانی را از زندان به دادگاه آوردند و در مقابل سلطان کلید Alt نشاندند.

شاکی این بار دکمه Alt بود.

قاضی رو کرد به دکمه Alt و گفت: دلیل شکایت تو چیست؟

دکمه Alt گفت: نوجوانان نباید از مشکلات بترسند. چرا که تجربه‌های جدید به آن‌ها کمک می‌کند که هویت خودشان را در دوره نوجوانی به دست آورند. ممکن است آن‌ها مجبور شوند تجربه‌های زیادی در زندگی خود کسب کنند و شاید در این زمان زود دست از اهدافشان بردارند. و در این راه خسته، نا امید و بی انگیزه شوند. اما آن‌ها باید راه‌های مختلف پیدا کرده و جایگزین راه‌های نادرست نمایند و از شکست نترسند.

درست مانند این فرد که چنین رفتار نادرستی داشته است. سپس مانند هر روز صفحه شیشه‌ای بزرگ روشن شد و صحبت‌های آقای باقری در کلاس درس پخش شد:

بچه‌های عزیزم، امروز می‌خواهم در مورد دکمه Alt و تاثیر آن در زندگی تان بگویم. عزیزانم ما وظیفه داریم که نوجوانان را به سمت یافتن اهداف پایدار و قابل بر آورده شدن در زندگی هدایت کنیم. اما این در اصل وظیفه خود نوجوان است که هدفی را در زندگی برای خودش انتخاب کند و والدین و مربیان در انتخاب هدف باید به آن‌ها کمک کنند، ما با ایجاد عزت نفس و امید در نوجوانان باید به آن‌ها کمک کنیم تا مسیر خود را برای یافتن هدف آغاز کنند. وهدفشان را توسعه دهند.

اگر مسیری را اشتباه رفتند راه جایگزین و بهتری پیدا کرده و مسیر خود را به سوی پیروزی تغییر دهند... ما مربیان و والدین می‌توانیم با رعایت این ویژگی‌های مهم به نوجوانان در یافتن و حفظ اهداف بلند مدت و برآورده کردن خواسته‌هایشان در زندگی کمک کنیم. از جمله: برای یافتن هدف در نوجوان به آن‌ها کمک کنیم تا درک کنند که چه قدر اهمیت دارند.

هدف در نوجوانی برای هر نوجوان متفاوت است. برای ایجاد حس هدفمندی مکالمه‌های کوچک و مکرر با نوجوان داشته باشیم. یک زندگی هدفمند و شاد و با دستاورد را الگوی نوجوان قرار دهیم.

هدف در نوجوانی عبارت است از فرصت‌های کاوش کردن برای نوجوان. او را در کارهای داوطلبانه شرکت دهیم.

صبور باشیم و اعتماد به نفس را در نوجوان تقویت کنیم، چرا که اعتماد به نفس به نوجوان کمک می‌کند با چالش‌ها، تردیدها، نارضایتی‌ها و فراز و نشیب‌هایی که در زندگی پیش رویشان قرار خواهد داشت روبه رو شوند.

اعتماد به نفس به نوجوان کمک می‌کند اهدافش را پیگیری کند و آن‌ها را به دست بیاورد. اما برای این که اعتماد به نفس در نوجوانان افزایش پیدا کند چه باید کرد؟

۱. با نوجوانتان محترمانه برخورد کنید.

۲. او را تحسین کنید.

۳. تا جایی که ممکن است از او انتقاد نکنید.

۴. او را به انجام فعالیت‌های فوق برنامه تشویق کنید.

۵. به او کمک کنید مهارت‌های دوستی را یاد بگیرد.

۶. به او بیاموزید چه چیزهایی واقعا مهم نیستند.

۷. به او بیاموزید روی توانایی‌هایش تمرکز کند.

۸. به او بیاموزید روحیه قوی داشته باشد.

۹. در صورت نیاز از افراد حرفه‌ای کمک بگیرد.

۱۰. حامی نوجوان خود باشید.

البته باید در تکمیل صحبت‌هایم بگویم که نیروی محرکه‌ای لازم داریم که به اهدافمان برسیم و آن نیرو «انگیزه» است. برای رسیدن به این امر شما نوجوانان عزیز باید این مسایل را مد نظر داشته باشید :

۱. هدفی تعیین کنید و با تمام جزئیات آن را در ذهن خود تجسم کنید.

۲. دلایل خود را برای رسیدن به هدف بنویسید.

۳. هدف خود را به بخش‌های کوچک تر تقسیم کنید و پاداش‌هایی برای خود در نظر بگیرید.

۴. نا امید نشوید.

۵. کمک بگیرید.

۶. از قبل برای زمانی که انگیزه تان ته می‌کشد، آمادگی لازم را داشته باشید.

۷. به ندای مثبت درون خود گوش دهید.

۸. درک جامعی از زندگی و هدف خود به دست آورید.

بعد از صحبت‌های آقای باقری تصویر و صدای او قطع شد. دکمه Alt دلیل اعتراض خودش را مجدد مطرح کرد و در حالی که با انگشت خود دانش‌آموز پشیمان را نشان می‌داد گفت: آقای قاضی، مربی در کلاس در مورد هدف داشتن و کسب انگیزه و تسلیم نشدن و پیدا کردن راه جایگزین چه مطالب علمی و آموزنده‌ای را مطرح کردند! اما بر خلاف این حرف‌ها این فرد آن‌ها را در زندگی خودش به کار نبرده و زود از اهداف خودش عقب نشینی کرده و خسته و نا امید می‌شده. من از شما می‌خواهم به شکایت من رسیدگی کنید.

آقای قاضی رو کرد به سمت دانش‌آموز پشیمان و گفت: آیا حرفی برای دفاع از خودت داری؟

دانش‌آموز که تازه متوجه رفتار نادرست خود شده بود هیچ حرفی برای گفتن نداشت. قاضی وقتی دید فرد پشیمان حرفی برای گفتن ندارد با صدای بلند رأی را صادر کرد: تو باید جایگزین فرزند ی در خانواده دیگری بشوی، تا با توجه به روحیات آن‌ها و رفتارهایشان در آن خانواده بزرگ شوی و به ادامه مراحل زندگی‌ات بپردازی.

فرد زندانی پس از شنیدن سخنان قاضی بسیار ناراحت شد. او که دوست نداشت فرزند خانواده دیگری باشد و جایگزین فرزند دیگری باشد با گریه و زاری از آقای قاضی وقت برای جبران خواست. اما آقای قاضی به او یاد آوری کرد که در زمان زندگی فرصت‌های زیادی برای رسیدن به اهداف و خواسته‌هایت داشته‌ای که از آن‌ها استفاده مفید نکرده‌ای و حالا دیگر وقت نداری.

زندانی مانند تمام افراد قبلی با گریه و زاری به سمت زندان خودش برده شد و محاکمه به پایان رسید و تمام کلیدها آن مکان را ترک کردند. مطابق همیشه آقای باقری و بچه‌ها برای دیدن زندانی و دیگر افراد به طور مخفیانه به زندان رفتند تا شب را با آن‌ها سپری کنند و فردا بفهمند چه کسی و چرا باید محاکمه شود؟

فصل هفتم
شکایت کلید End

هوا داشت کم کم روشن می‌شد و روزی دیگر آغاز می‌شد، آقای باقری به بچه‌ها گفت: باید زندان و زندانی‌ها را ترک کنیم و مجدد پشت کامپیوترها و موس‌های فرسوده برویم، چون حتما امروز هم یکی از این دانش‌آموزان محاکمه خواهد شد. آقای باقری و بچه‌ها سریع آن محل را ترک کردند تا مطابق روزهای قبل شاهد صحنه محاکمه باشند.

دادگاه تشکیل شد و تمام کلیدها جمع شدند و قاضی نیز حضور پیدا کرد.

به دستور قاضی زندانی امروز را آوردند. او را مقابل صندلی دکمهٔ سلطان End نشاندند.

قاضی رو کرد به دکمهٔ End و گفت: شما از دست این فرد شاکی هستید؟ می‌توانم دلیل شکایتتان را بپرسم؟ دکمه End در حالی که به شدت عصبانی بود رو کرد به آقای قاضی و دیگر کلیدها و گفت: این فرد اگر چیزی را بخواهدبه دست بیاورد سریع برای به دست آوردن آن اقدام می‌کند، او بدون این که فکر کند و قدرت تجزیه و تحلیل داشته باشد و بدون فکر کردن به پایان و نتیجه و عواقب کارش

سریع اقدام به عمل می‌نماید. من از دست او به شدت ناراحت و عصبانی هستم، چرا که همیشه در آخر و در عاقبت کار او به مشکل بر می‌خورد.

او در این امر اصلا از افراد متخصص مشورت و کمک نمی‌خواهد. آقای قاضی بهتر است بقیه صحبت‌ها را از زبان مربی این فرد بشنویم. ناگهان در این لحظه صفحه شیشه‌ای بزرگ روشن شد و صحبت‌ها و تصاویر آقای باقری در کلاس درس قبلی پخش شد:

بچه‌های عزیزم، نوجوانان گلم، امروز در مورد دکمه End و به کار گرفتن این دکمه در زندگی عادی و روزمره تان می‌خواهم بگویم. بچه‌ها این دکمه هم مانند دکمه‌های قبلی می‌تواند نقش مهم و به سزایی در زندگی شما داشته باشد. بعضی از نوجوانان وقتی تصمیم به انجام کاری دارند بدون فکر کردن و بدون این که همهٔ جوانب را در هر حیطه در نظر بگیرند و بعد انتخاب کنند که چه چیزی برایشان مناسب است کاری را انجام می‌دهند.

آن‌ها معمولا به آخر و عاقبت کار خود فکر نمی‌کنند و با افراد متخصص مشورت نمی‌کنند. عزیزانم ما برای انجام هر کاری باید تمام جوانب آن را در نظر بگیریم و با آگاهی و بصیرت و مشورت با افراد متخصص تصمیم به انجام کاری بگیریم. کتاب خوب خواندن، فیلم خوب دیدن صحبت کردن با آدم‌های خوب مختلف، مشورت کردن با یک مشاور و تحقیق کردن می‌تواند به نوجوانان کمک کند تا مسایل خود را با دید بازتر نگاه کنند و روی خود آگاهی شان کار کرده تا بتوانند خودشان را بشناسند و از نیازها و خواسته هایشان اطلاع پیدا کنند.

واضح است فردی که بدون فکر و برنامه ریزی کارهایش را انجام می‌دهد و نمی‌تواند به سادگی تمرکز کند در زندگی روزمره با مشکلات بسیاری مواجه می‌شود.

این افراد معمولا سریع تر از دیگران عصبانی می‌شوند. در حقیقت افرادی که بدون فکر رفتار می‌کنند و این ویژگی به یک ویژگی شخصیتی آن‌ها مبدل شده بسیار مستعد عصبانیت و رفتارهای خشونت آمیز هستند.

از دیگر ویژگی‌های این افراد می‌توان عدم توجه به آینده را نام برد. آن‌ها هیچ برنامه‌ای برای آینده شان ندارند و بسیاری از مشکلاتی که در زندگی با آن‌ها مواجه می‌شوند نیز به همین دلیل است.

اگر برنامه ریزی برای آینده نبود امروز زندگی ما بسیار دشوار بود.

بچه‌ها شما در ابتدای مسیر زندگی هستید و اگر برای آیندهٔ خود برنامه ریزی درست و فکر شده‌ای نداشته باشید و آینده نگر نباشید، زندگی خوبی نخواهید داشت. شما باید اهدافتان را در زندگی

مشخص کنید و اهدافتان را دریک، سه، و حتی ده سال آینده را یادداشت کنید. در این هنگام تصویر و صدای آقای باقری قطع شد.

دکمهٔ End به آقای قاضی و دیگر کلیدها گفت: شما سخنان مربی را در مورد فکر کردن و هدف داشتن و به پایان و عواقب اعمال و رفتار فکر کردن و.....مشاهده کردید، اما متاسفانه این دانش‌آموز هیچ کدام از این موارد را در زندگی خودش به کار نبرده. آقای قاضی رو کرد به فرد زندانی و گفت: آیا حرفی برای دفاع از خود داری؟

فرد پشیمان که تازه متوجه کار ناپسند خود شده بود سرش را پایین انداخت و سکوت کرد. او هیچ حرفی برای گفتن نداشت.

آقای قاضی وقتی دید او حرفی برای گفتن ندارد با صدای بلند گفت: پس از شنیدن شکایت دکمهٔ End و حرف‌های مربی رأی را صادر می‌کنم: پایان زندگی این فرد یک پایان بسیار بد و ناگوار خواهد بود و او نمی‌تواند یک پایان زیبا و خوبی برای زندگی خودش رقم بزند، چرا که فرصت‌های زیادی را از دست داده است. و سپس دستور داد که فرد زندانی را مجدد به زندان برگردانند. فرد پشیمان شروع کرد به گریه و زاری کردن و داد و فریاد و مهلت خواستن تا بتواند رأی قاضی را تغییر دهد. اما هیچ کسی به حرف‌های او گوش نمی‌کرد و او را مجدد به زندان خودش برگرداندند.

آقای باقری و بچه‌ها که شاهد صحنهٔ محاکمه بودند از صدور حکم و رأی قاضی بسیار ناراحت شده بودند، آن‌ها می‌دانستند که اگر در زندگی سرانجام و فرجام خوبی در انتظارت نباشد چه قدر می‌تواند زندگی‌ات دردناک باشد. از طرفی هم نمی‌توانستند کاری انجام دهند، فقط منتظر ماندند تا محاکمه به پایان برسد و کلیدها از آن جا دور شوند تا آن‌ها بتوانند نزد زندانی‌ها رفته و احوال آن‌ها را پرس و جو شوند و آن‌ها را دلداری بدهند و شب را در کنار آن‌ها سپری کنند تا روز دیگر و محاکمهٔ دیگر دانش‌آموزان و صدور رأی دیگری...

فصل هشتم
شکایت کلید Del

صبح روز دیگری آغاز شد و آقای باقری و بچه‌ها که می‌دانستند مانند روزهای قبل حتما دادگاه شروع خواهد شد و فرد دیگری محاکمه می‌شود مانند روزهای قبل پشت سیم‌های فرسوده پنهان شده بودند تا از دور شاهد صحنه محاکمه باشند.

دادگاه درست در ساعت مقرر و تعیین شده و دقیق آغاز شد، قاضی و تمام کلیدها در آن جا جمع شدند این بار دکمه سلطان Del شکایت کرده بود.

او روی صندلی مخصوص خود نشسته بود، و به دستور قاضی فرد زندانی را از زندان آوردند و مقابل او نشاندند.

قاضی رو کرد به دکمه Del و گفت: شکایت تو در چه موردی است؟

ما همگی گوش می‌دهیم دکمه Del در حالی که به شدت عصبانی بود لب به سخن گفتن گشود: من از این فرد شکایت دارم. این فرد در زندگی خود نتوانسته موقعیت‌هایی که به او تنش وارد کرده و انرژی منفی می‌داده یا چیزهای نامطلوب را از زندگی‌اش حذف کند.

او در بسیاری از موارد به دلیل این عدم حذف دست به خود زنی می‌زده است.

سپس برای تکمیل صحبت‌های خود اشاره به صفحه شیشه‌ای بزرگ کرد و گفت: بهتر است سخنان مربی این فرد را در این رابطه بشنویم. ناگهان تصویر و سخنان اقای باقری از صفحه شیشه‌ای پخش شد:

بچه‌های عزیزم امروز می‌خواهم در مورد کلید Del و نقش و کارآیی آن در زندگی واقعی برایتان صحبت کنم.

دکمه Del در صفحه کلید نقش پاک کردن و حذف مواردی که مورد استفاده نمی‌باشند یا نادرست تایپ می‌شوند و... را دارد.

عزیزان من شما باید یاد بگیرید که در زندگی واقعی موقعیت‌هایی که به شما تنش وارد کرده و باعث ایجاد انرژی منفی در شما می‌شود و یا احساس‌های بد و نامطلوب را حذف کنید. من برای شما مثالی می‌زنم تا بیشتر متوجه این امر شوید. ممکن است بعضی از نوجوانان دست به خود زنی بزنند،. اقدام به خود زنی به عمل وارد کردن آسیب عمدی توسط خود فرد به بدنش گفته می‌شود که اشکالی از قبیل بریدن دست یا سوزاندن و....را در بر می‌گیرد. این کار اغلب با هدف خود کشی انجام نمی‌شود، بلکه به عنوان راهکاری برای تحمل رنج عاطفی، خشم شدید و نا امیدی صورت می‌گیرد. و احتمال بروز عوارض جدی و مرگ بار مانند عفونت، بیماری‌های خونی و....را افزایش می‌دهد. جراحت عمدی با شکلی از فشار ناشی از احساسات یا افکار شروع می‌شود، پس از وارد کردن زخم به بدن فرد احساس راحتی می‌کند، اما توجه داشته باشید که این آرامش صرفا موقتی است زیرا عامل زمینه‌ای آن، هم چنان باقی است. کمی بعد این احساس را حتی با شرم و گناه همراه می‌شود که دوباره فرد را به سوی احساسات منفی و تنش سوق می‌دهد. من به شما عزیزان توصیه کردم که بسیاری از احساسات منفی و نامطلوب را از زندگی تان حذف کنید که حتما این مواردی که به آن‌ها اشاره می‌کنم جزء همان احساس‌های نا مطلوب می‌باشد که علت خود زنی در برخی ازنوجوانان می‌باشند. از جمله: استرس – فشار – اضطراب – افسردگی – عصبانیت – غم – طرد شدن از سوی دوستان و خانواده - تنهایی – تحریک پذیری – مسایل اجتماعی – عزت نفس پایین و اختلافات خانوادگی.

بچه‌ها نداشتن مهارت‌های سازگاری و مقابله از دیگر علل ایراد آسیب به بدن است، برخی از افراد نیز قادر به مدیریت احساسات خود نیستند و با بروز احساسات منفی مجبور به استفاده از خود زنی به عنوان راهکاری برای تخلیهٔ روانی می‌شوند. به غیر از عوامل روانی مانند: استرس و افسردگی شیوع این بیماری به دلیل رواج برخی از بازی‌های کامپیوتری مانند «نهنگ آبی» و نیز فشار از سوی گروه‌های

دوستی بیشتر شده است. من علاوه بر توصیه‌هایی که برای نوجوانان دارم و به آن‌ها توصیه می‌کنم که احساسات منفی و تنش زا را حذف کنید، مهارت سازگاری را بیاموزید و مدیریت احساسات داشته باشید استفاده از فضای مجازی و بازی‌های کامپیوتری را به حد اقل برسانید و.... به والدین نوجوانان نیز توصیه‌هایی دارم از جمله این که:

۱. والدین این نوجوانان باید هر روز زمانی را برای گفتگوی دو نفره در مورد مسایل روزمره اختصاص دهند.

۲. در صورتی که نوجوان شما برنامهٔ درسی سنگینی دارد راهی برای کاهش تعهدات و مسوولیت‌های او پیدا کنید.

۳. نوجوان خود را به ارتباط با دوستان حامی و مثبت خود تشویق کنید.

۴. هر روز با هم فعالیت‌های آرامش بخش مانند پیاده روی – کتاب خوانی – نقاشی کشیدن یا دیدن برنامه‌های تلویزیونی شاد انجام دهید.

۵. با هم ورزش کنید.

۶. به احساسات فرزند خود گوش دهید و آن‌ها را تایید کنید و صبور باشید.

۷. با مشاور مدرسه فرزندتان صحبت کنید.

۸. توجه و نگرانی افراطی نسبت به رفتار او نشان ندهید، زیرا در این صورت ممکن است فرزندتان برای جلب توجه بیشتر به رفتار خود ادامه دهد.

۹. تشخیص به موقع، دریافت کمک‌های تخصصی و حمایت در خانه و مدرسه به کاهش رفتارهای خود زنی و یادگیری مهارت‌های انطباق پذیری بیشتر با احساسات منفی در خانه و محیط مدرسه کمک می‌کند.

در این هنگام صدای آقای باقری قطع شد، دکمه Del گفت: سخنان مربی را در این مورد شنیدید اما متاسفانه این فرد هیچ کدام از این توصیه‌ها را در زندگی خود به کار نبرده است و اقدام به خود زنی و آسیب رساندن به خودش کرده است. قاضی رو کرد به فردی که مرتکب عمل ناپسند شده بود و از او خواست اگر حرفی در دفاع از خودش دارد مطرح کند. فرد زندانی که تازه متوجه رفتار نادرست و اشتباه

خودش شده بود هیچ حرفی برای گفتن نداشت.

قاضی با دیدن این صحنه با صدای بلند گفت: رأی صادر شده در مورد این فرد را می‌خوانم. کل حافظه این فرد پاک می‌شود، تا تمام افکار منفی و نا مطلوب و احساسات تنش زا از مغز او خارج شود. فرد پشیمان وقتی رأی صادر شده را شنید، شروع کرد به گریه و زاری و التماس کردن و فرصت خواستن و.... اما دیگر هیچ فایده‌ای نداشت. هیچ کسی به حرف‌هایش گوش نمی‌کرد و به دستور قاضی او را به زندان برگرداندند تا آن جا به همراه تمامی افراد منتظر اجرای حکم نهایی در روز مقرر شده باشد. آقای باقری و بچه‌ها نیز از صدور حکم بسیار ناراحت شدند. آن‌ها می‌دانستند که اگر حافظهٔ انسان پاک شود چه بلایی سر فرد می‌آید.

از طرفی دیگر آن‌ها باید منتظر می‌ماندند تا تمام افراد محاکمه شوند و حکم آن‌ها را بدانند و بتوانند در روز اجرای حکم تمام آن‌ها را آزاد کرده و خودشان هم با زندانی‌ها برای همیشه سرزمین صفحه کلیدها را ترک کنند. آن‌ها باید تا آن زمان نقشهٔ مناسب و راه فراری پیدا می‌کردند.

بنابراین برای دلجویی از افراد محاکمه شده و دیگر زندانیان به سمت زندان حرکت کردند.

فصل نهم
شکایت کلیدهای Ctrl+C

روز دیگری آغاز شد و هم آقای باقری و دانش‌آموزان و هم زندانی‌ها می‌دانستند که با آغاز روز، محاکمه فرد دیگری شروع می‌شود. محاکمه سر وقت تعیین شدهٔ خود آغاز شد و تمام کلیدها در محل جمع شدند به دستور قاضی فرد زندانی را روبه روی سلطان کلیدهای Ctrl و c نشاندند.

آقای قاضی رو کرد به کلیدهای Ctrl و c و از آن‌ها دلیل شکایتشان را جویا شد. آن‌ها گفتند ما به این دلیل از این فرد شاکی هستیم چراکه او همیشه دوست داشته در زندگی به جای فرد دیگری باشد.

او تقلیدهای کورکورانه و نا به جا از افراد می‌کرده است و الگوهای نا مناسبی را در زندگی برای خودش انتخاب کرده است. در این هنگام صفحه شیشه‌ای بزرگ مانند هر روز روشن شد و گفتگوهای آقای باقری در کلاس درس پخش شد: دانش‌آموزان عزیزم، امروز می‌خواهم در مورد کلیدهای ctrlو c برای شما توضیح بدهم.

زمانی که می‌خواهیم عین مطلب، یا نوشته و...را داشته باشیم از کپی کردن به واسطهٔ دکمه‌های Ctrlو c استفاده می‌کنیم. اما ارتباط آن با زندگی واقعی چیست؟ یکی از مهم ترین و اثر بخش ترین

روش‌های یادگیری و اجتماعی شدن کودک اصل الگو پذیری و همانند سازی است.

نوجوان از طریق همانند سازی با بزرگ ترها، چهره‌های علمی، ورزشی، تاریخی و مذهبی یاد می‌گیرد که چگونه رفتار کند.

در دورهٔ کودکی میزان تاثیر پذیری از والدین و مربیان بسیار زیاد، عمیق و پابرجاست. الگو پذیری انسان زمینه ساز تقلید است و می‌دانیم که تقلید نیز یکی از ساز و کارهایی است که تربیت از طریق آن صورت می‌گیرد.

یکی از علت‌های مشکلات اجتماعی الگو برداری نادرست است. بعضی از نوجوانان در این سن بیش از حد تحت تاثیر دوستان و هم سالان و افراد با نفوذ هستند و چنانچه خانه و مدرسه و جامعه به ویژه رسانه‌ها الگوهای نادرست در اختیار او قرار دهند الگو برداری نوجوان به طریق نا مطلوبی صورت خواهد گرفت.

من همیشه به والدین توصیه‌هایی دارم، از جمله: در قدم اول، سعی کنید با رفتار و اعمال خود الگوهای شایسته‌ای برای فرزندانتان باشید.

در قدم دوم، سعی کنید فرزند نوجوان خود را با الگوهای شایسته دیگر مانند معلم موفق، نویسندگان دانشمندان، هنرمندان و...آشنا کنید و دربارهٔ زندگی مردان و زنان بزرگ با آنان صحبت کنید. در این هنگام تصویر و سخنان آقای باقری قطع شد. آقای قاضی رو کرد به سمت فرد زندانی و گفت: با توجه به گفته‌های دکمه‌های Ctrl و C و سخنان مربی آیا حرفی برای دفاع از خود داری؟ فردی که مرتکب اشتباه شده بود و به شدت از رفتار خودش شرمنده شده بود.

حرفی برای گفتن نداشت. قاضی وقتی این صحنه را دید با صدای بلند رأی خودش را خواند: ما شخصیت این فرد را کلا از بین می‌بریم و شخصیت کارتونی که بسیار منفور بوده و نزد هیچ کسی محبوبیت ندارد برای او قرار می‌دهیم. فرد پشیمان پس از شنیدن سخنان آقای قاضی شروع کرد به فریاد زدن و گریه و زاری و این که مهلتی بدهید تا بتوانم جبران کنم... اما هیچ فایده‌ای نداشت و کسی حرف‌های او را گوش نمی‌کرد.

دادگاه تمام شد و کلیدها مکان محاکمه را ترک کردند و زندانی به زندان خودش برگردانده شد. آقای باقری و بچه‌ها که از دور شاهد صحنه‌های محاکمه و صدور رأی بودند بسیار ناراحت شدند. آقای باقری گفت: امروز درس بزرگی از این محاکمه گرفتید. عزیزان من حتما شما هر کدامتان دوست دارید که شبیه فلان ورزشکار، یا هنرمند یا بازیگر و خواننده و....باشید درست است؟ بچه‌ها همگی

سرشان را به نشانهٔ تایید تکان دادند.

آقای باقری ادامه داد: این امر از خصوصیت دورهٔ نوجوانی است. در این مقطع از زندگی فرد نوجوان با تقلید و الگو پذیری زیاد افرادی را برای خود الگو می‌کند. بچه‌ها الگوهای خوب و درست در زندگی داشتن اصلا بد و نادرست نیست. این که ما در زندگی افراد موفق را الگوی خود قرار بدهیم کار بسیار خوبی است. اما این که بخواهیم صد در صد زندگی خود را شبیه آن فرد کنیم و حتی رفتار و کردار و لباس پوشیدن ما مانند آن فرد باشد می‌تواند برای ما مشکلاتی را به وجود بیاورد.

من همیشه به نوجوانان توصیه می‌کنم که قهرمان قصه خودتان در زندگی تان باشید و Copy pase دیگران نباشید.

جملهٔ معروفی از جودی گارلند است که می‌گوید: به جای این که نسخه دوم از شخصیت کسی باشید یک نسخه دست اول از شخصیت خودتان بسازید. سعی کنید خودتان یک قهرمان باشید و یک فرد موفق، تا این که بخواهید خود را شبیه یک قهرمان یا یک فرد موفق در زندگی تان کنید. نسخه دوم از یک شخصیت موفق نباشید. بچه‌ها همگی سکوت کرده بودند و به سخنان آقای باقری گوش می‌دادند. بچه‌ها، سخن خودم را با جملهٔ معروفی از آلبر کامو به پایان می‌رسانم که: وقتی می‌خواهیم در خود تغییر ایجاد کنیم، باید سعی کنیم بهترین نسخهٔ خودمان باشیم، نه یک کپی از بهترین نسخهٔ فردی دیگر!

آقای باقری از بچه‌ها خواست همان طور که به سمت زندان می‌روند تا از زندانی‌ها و فرد زندانی که محاکمه شده دیدار و دل جویی کنند در بین راه به حرف‌هایی که او زده بود خوب فکر کنند و حتما آن‌ها را در زندگی خود به کار ببندند. نه مثل دانش‌آموزان قبلی کلاس که هیچ کدام از توصیه‌ها و سخنان آقای باقری را در زندگی واقعی به کار نبرده بودند. سپس همگی به سمت زندان به راه افتادند تا باعث قوت قلب دانش‌آموزان زندانی باشند.

بچه‌ها هم همگی در بین راه به سخنان آقای باقری فکر می‌کردند...

فصل دهم
شکایت حروف کوچک و بزرگ الفبا

روز دیگری آغاز شد و محاکمه مانند روزهای قبل آغاز شد، گویا امروز از روزهای دیگر شلوغ‌تر بود تمامی دکمه‌های صفحه کلید جمع شده بودند. آقای باقری و بچه‌ها مانند هر روز به صورت پنهانی و از دور شاهد محاکمه و دادگاه بودند. تمام دکمه‌ها و حروف الفبای فارسی از حروف کوچک و بزرگ در دادگاه حضور پیدا کردند.

به دستور آقای قاضی فردی که عمل ناپسند داشته، را از زندان خارج کردند و مقابل تمام دکمه‌ها نشاندند.

همهمه عجیبی در دادگاه پیچیده بود، آقای قاضی همه را به سکوت کردن و آرامش دعوت کرد و سپس رو کرد به حروف کوچک و بزرگ و گفت: از آن جایی که تعداد شما بسیار زیاد است یک نفر از شما به نمایندگی سخنان بقیه را منتقل کند. سپس با نظر و مشورت تمام کلیدها و حروف کلید «الف» لب به سخن گفتن گشود: آقای قاضی ما حروف الفبای کوچک و بزرگ هستیم که در تایپ کردن و نوشتن مطلب روزانه و همیشگی مدام از ما استفاده می‌شود.

ما همگی از این فرد شکایت داریم. رفتارها در انسان‌ها عادت‌ها را به وجود می‌آورند و این عادت‌ها می‌توانند هم خوب باشند و هم بد.

در این بین عادت‌های بدی هستند که نظم زندگی را به هم می‌زنند، مثل خوردن و خوابیدن بیش از حد یا تغذیه نادرست. این فرد در زندگی شخصی خود عادت‌های بدی چون خوردن زیاد و تغذیه نادرست و خواب فراوان داشته است ما از شما خواهشمندیم که به این امر رسیدگی کنید.

در این لحظه صفحه شیشه‌ای بزرگ روشن شد و سخنان آقای باقری به همراه تصویر او پخش شد: بچه‌های عزیزم امروز می‌خواهم در مورد حروف الفبای فارسی که هر روزه برای نوشتن و تایپ کردن جملات و کلمات از آن‌ها استفاده می‌کنیم و ارتباط آن با زندگی روزمره تان برایتان بگویم.

عادت یک جریان عادی رفتار است که به صورت منظم تکرار می‌شود. عادت یعنی، فعالیتی که ما آن‌ها را ارادی و غیر ارادی به صورت پیوسته و منظم انجام می‌دهیم. آن قدر آن را تکرار می‌کنیم تا نا خود آگاه، تمایل به انجام دادن آن‌ها داشته باشیم، از انجام دادن آن حس خوشایندی به ما دست می‌دهد و اگر هم به هر دلیلی نتوانستیم آن را انجام دهیم حس نا خوشایندی و یا نا رضایتی از خودمان داریم.

امام علی (ع) می‌فرمایند: با چیره شدن بر عادت‌ها است که می‌توان به بالاترین مقامات رسید و به قول ناپلئون هیل: عادت چیزی است که هم موفقیت و هم شکست تا حد زیادی وابسته به آن هستند. شاید باورتان نشود اما، ما در طول روز تقریبا ۴۰ درصد از رفتارهایی که انسان‌ها انجام می‌دهند بر اساس عادت می‌باشد.

اگر به تمام کارها و رفتارهای خودمان در طول روز کمی دقت کنیم متوجه می‌شویم زندگی ما پر از عادت‌های خوب و بد است. این عادت‌های ما هستند که روز ما و یا زندگی ما را تشکیل می‌دهند و به آن‌ها جهت می‌بخشند مانند صبحانه خوردن یا نخوردن، طرز لباس پوشیدن ما، نحوه برخورد ما با دیگران و حتی مدل خوابیدن ما و... همه و همه جزء عادت‌هایی هستند که هر روز بدون این که ما حتی تصمیم برای انجام دادنشان بگیریم در حال انجام شدن هستند، تعدادی از عادت‌ها ما را به نتایج مطلوب می‌رسانند و برخی دیگر ما را از مسیرمان دورتر می‌کنند.

برخی عادت‌ها خوب و بعضی عادت‌ها بد هستند، مثلا خوابیدن و خوردن جزء عادت‌های روزانه ما هستند اگر بیش از حد بخوابیم یا بخوریم این یک عادت منفی و بد است، یا این که تغذیهٔ نا سالم و نادرستی داشته باشیم و مدام از تنقلات و چیپس و پفک و غذاهای فست فوتی استفاده کنیم که

می‌تواند برای بدنمان ضرر داشته باشد این‌ها همه جزء عادت‌های بد هستند.

شاید اکثر ما قبول داشته باشیم که زندگی امروز ما تا حد زیادی حاصل عادت‌های ما است. رفتارهایی که نا خود آگاه انجام می‌دهیم، تصمیم‌هایی که بدون آن که متوجه شویم می‌گیریم و جملات و کلماتی که به دلیل تکرار زیاد، بخشی از هویت ما شده است.

بسیاری از ما عادت‌های خوب را می‌شناسیم و قبول داریم، اما به آن‌ها عمل نمی‌کنیم که این کار بسیار نا پسندی است.

در این هنگام سخنان و تصویر آقای باقری قطع شد. دکمهٔ الفبا رو به آقای قاضی کرد و گفت: مربی تمام سخنان مفید خود را در این باره در کلاس ارایه دادند، اما متاسفانه این دانش‌آموز هیچ کدام از آن‌ها را گوش نکرده و در زندگی به کار نبرده، بنابراین ما تمام حروف الفبای کوچک و بزرگ از این فرد شاکی هستیم و از شما می‌خواهیم به شکایتمان رسیدگی کنید.

در این لحظه تمامی کلیدهای حروف الفبا شروع کردند به تایید و صحبت کردن ناگهان ازدحام و همهمه تمام فضای دادگاه را فراگرفت. آقای قاضی روی میز خود زد و گفت: لطفا ساکت باشید و سکوت را رعایت کنید، بعد رو کرد به فرد زندانی و به او گفت: با توجه به تصاویر پخش شده و صحبت‌های دکمه‌ها آیا حرفی برای دفاع از خود داری؟

فرد پشیمان که تازه متوجه کار اشتباه و نادرست خود شده بود سکوت کرد و حرفی نزد. آقای قاضی که دید فرد زندانی حرفی برای گفتن ندارد رأی خود را با صدای بلند خواند: این فرد باید تا آخر عمرش هرگز از خوردن و خوابیدن سیر نشود و همیشه در زندگی گرسنه باشد و خوابش بیاید و هر چه بخوابد کمبود بی خوابی‌اش جبران نشود.

فرد زندانی وقتی رأی صادر شده را شنید به شدت ناراحت شد، شروع کرد به فریاد زدن و گریه و زاری و این که زمانی برای جبران به او داده شود. اما هیچ فایده‌ای نداشت و به دستور قاضی او را به زندان برگرداندند و تمام کلیدها جلسه محاکمه و دادگاه را ترک کردند.

بچه‌ها و آقای باقری که داشتند از دور صحنه‌ها را تماشا می‌کردند خیلی برای دوستشان ناراحت شدند از این که رأی بدی برای او صادر شده بود و سرنوشت نا خوشایندی در انتظار او بود.

در این لحظه «امید» برای این که شوخی کرده باشد و حال و هوای بچه‌ها و آقای باقری را عوض کرده باشد رو کرد به سمت «فرامرز» و گفت: اگر تو هم در کلاس قبلی حضور داشتی این سرنوشت در انتظار تو هم بود، شانس آوردی که در کلاس قبلی شرکت نکردی، چراکه تو هم مدام می‌خوری و

دهانت در حال جنبیدن است و تنقلات و... مصرف می‌کنی! و مصرفت هم خیلی بالا است.

خدا را شکر کن، خیلی خدا بهت رحم کرد!

در این هنگام آقای باقری و بچه‌ها همه زدند زیر خنده.

آقای باقری که دید حال و هوای بچه‌ها عوض شده و شاد شده اند از آن‌ها خواست تا به دیدار زندانی‌ها و فردی که امروز محاکمه شده بود بروند تا از حال آن‌ها دل جویی کنند و از «امید» خواست تا حال و هوای بچه‌های زندانی را هم با گفتن لطیفه‌های با مزه و خنده دار عوض کند....

فصل یازدهم
شکایت کلید Home

روز دیگری آغاز شد ه بود، بچه‌ها و آقای باقری می‌دانستند که چه ساعتی و در کجا محاکمه آغاز می‌شود و هر روز یکی از دکمه‌های صفحه کلید اعتراض خود را مطرح می‌کند و یکی از شاگردان قبلی کلاس محاکمه می‌شود.

آن‌ها مانند هر روز در مکانی که هر روز در آن مخفی می‌شدند و از دور شاهد صحنه‌های محاکمه بودند حضور پیدا کردند. محاکمه شروع شد و سلطان دکمه‌های Homeدر یک طرف روی صندلی نشسته بود و در مقابل او فرد زندانی نشسته بود.

دکمه Homeخیلی عصبانی بود، قاضی از او خواست دلیل عصبانیت خود را مطرح کند.

دکمه Home شروع کرد به سخن گفتن: آقای قاضی من واقعا از دست این فرد شکایت دارم او مرتکب کار بسیار زشت و نا پسندی شده است او مدام از خانهٔ خودشان فرار می‌کرده و دوست نداشته در منزل کنار دیگر اعضای خانواده خود باشد.

من به شدت از دست رفتار او عصبانی و شاکی هستم و از شما می‌خواهم که به این امر رسیدگی کنید.

در این هنگام صفحه شیشه‌ای بزرگ روشن شد و سخنان آقای باقری در کلاس درس قبلی پخش شد: بچه‌های عزیزم امروز می‌خواهم در مورد دکمه Home برایتان صحبت کنم.

Home در انگلیسی به معنای خانه است و کاربرد این دکمه در تایپ بازگشت به ابتدای خط جاری در ویندوز یا ابتدای یک سند یا صفحه است. اما مد نظر من بیشتر کلمهٔ خانه است، خانه محل امن و ایمنی است که بهترین جا برای حضور نوجوانان به ویژه در کنار والدین و دیگر اعضای خانواده است. اما متاسفانه برخی از نوجوانان فضای خانه را دوست ندارند و اقدام به ترک خانه یا گذراندن بیشترین وقت خود در خارج از خانه می‌کنند.

به نظر می‌رسد نوجوانی که خانه را ترک می‌کند شرایط بسیار دشواری را در خانواده خود تجربه کرده است. آن‌ها معمولا خشمگین، مضطرب نا امید، افسرده و بی پناه هستند. احساس نا امنی می‌کنند و تحت فشارهایی قرار می‌گیرند که از حد تحمل شان فرا تر می‌رود و در نتیجه خانه خود را ترک می‌کنند.

متاسفانه برخی از رفتارهای غلط والدین در این امر دخالت دارد از جمله: والدین وسواسی که هیچ وقت از فرزندشان رضایت ندارند. یا والدین سلطه جو که یک فرزند وابسته را بسیار سالم و مطلوب می‌دانند و از استقلال فرزند خود وحشت زده می‌شوند.

انگیزهٔ اصلی ترک منزل توسط نوجوانان آزار دیدگی در محیط خانه است از جمله: آزارهای جسمانی، عاطفی بی توجهی و طرد خانواده. در مواردی نوجوان به واسطه یک رشته آرزوهای دور دست، کسب شهرت، در آمد و موفقیت جدید و کام یابی عشقی که در چار چوب خانواده به راحتی امکان پذیر نیست پا به فضای خارج از منزل گذاشته و برای دست یابی به آرزوهای دور دست راهی کاملا پر خطر را انتخاب می‌کنند و ممکن است در خارج از منزل درگیر مسایل بسیار وحشتناکی شوند.

بچه‌های عزیزم من به نوجوانان توصیه می‌کنم که همیشه در بروز مشکلاتتان از یک مشاور کمک بگیرید. گاهی بیماری‌های افسردگی و اضطراب باعث می‌شود قدرت بررسی درست واقعیت را نداشته باشید که حتما باید درمان شوید.

آموزش مهارت‌ها در زندگی را بیاموزید، مثل مدیریت بحران یا حل مسایل و در جلسات خانواده درمانی شرکت کنید.

و اما راهکارهایی برای جلوگیری از ترک منزل نوجوانان برای والدین دارم:

۱. محیط خانه را امن و سالم نگه دارید.

۲. اجازه صحبت کردن به نوجوان بدهید (اجازه دهید نوجوانان مشکلات خودشان را بیان کنند.)

۳. به فرزندانتان نشان بدهید که او را دوست دارید.

۴. در بحران‌ها از فرزند تان مراقبت کنید (بحران‌های مالی و...که در خانواده پیش می‌آید با نوجوان صحبت کرده به او نشان دهید که هنوز هم حواستان به او است.)

۵. با نوجوان هم دل باشید، هم دلی داشته باشید. (احساسات فرزندتان را درک کنید، به آن‌ها به درستی پاسخ دهید و در کارهای مختلف نظر آن‌ها را بپرسید و به آن‌ها اجازه دهید برای بسیاری از مسایل خودشان تصمیم بگیرند.)

۶. تهدیدهای نوجوان برای فرار از خانه را جدی بگیرید (در چنین شرایطی با او صحبت کنید و ببینید دلیلش برای مطرح کردن این حرف‌ها چیست؟ پس سعی کنید با کمک یکدیگر راهکار منطقی برای شرایط پیدا کنید.)

در این لحظه تصویر و سخنان آقای باقری قطع شد. آقای قاضی رو کرد به سمت فرد زندانی و گفت: بعد از شنیدن صحبت‌های دکمه Home و سخنان مربی‌ات آیا حرفی برای گفتن داری؟ فرد زندانی که تازه متوجه اعمال نادرست خود شده بود از شرمندگی سرش را پایین انداخت و هیچ حرفی برای گفتن نداشت. قاضی با صدای بلند رایی را که صادر کرده بود خواند.

این فرد برای تمام عمرش از نعمت حضور در خانه محروم خواهد بود، او مانند آواره‌ها و خانه به دوش‌ها تا آخر عمر زندگی خواهد کرد و فرد پشیمان تا این حکم را شنید شروع کرد به داد و بی داد و فریاد و مهلت جبران. اما مانند افراد قبلی هیچ سودی نداشت و به دستور قاضی به زندان برگردانده شد.

محاکمه به پایان رسید و تمام کلیدها محل را ترک کردند. بچه‌ها و آقای باقری از حکم صادر شده بسیار ناراحت شدند. میلاد رو به بچه‌ها و آقای باقری کرد و گفت: من واقعا دلم برای خانه و آرامش آن و تمام اعضای خانواده‌ام تنگ شده است.

من حتی نمی‌توانم تصورش را بکنم که فردی بتواند از خانه خودش فرار کند، مخصوصا که حالا در این سرزمین گرفتار شده ایم و از خانه و شهر و تمام اعضاء خانواده خود دور هستیم حتما فرد زندانی

شده هم از زمانی که در این شهر و زندان اسیر شده است و از خانه و شهر خود و دوستان و اعضای خانواده‌اش دور افتاده است، متوجه اشتباه خود شده است و دوست دارد هر چه زودتر نزد آن‌ها باز گردد. آقای باقری در تایید سخنان میلاد سرش را تکان داد و گفت: حتما همین طور است که می‌گویی میلاد جان به قول معروف: قدر عافیت را کسی می‌داند که به مصیبتی گرفتار شود.

حتما آن فرد اکنون که از خانه و خانواده خود دور افتاده و دچار مشکلات فراوانی شده و از عمل نادرست خودش پشیمان شده است. و البته این درس بزرگی نیز برای شما عزیزان است. خانه باید محل امن و آرامش بخش و بسیار دل چسبی برای نوجوانان باشد، بهترین مکان دنیا که باید حس خوبی به آن داشته باشد البته والدین هم با توجه به اصل محبت و برخورد مثبت و پرهیز از تحمیل و مقایسه کردن در محیط خانواده با نوجوان خود هم کلام شده و مشکلات روحی، روانی و تغییرات آن‌ها را درک کرده و فضای خانه را فضایی لذت بخش و عالی و حتی برای بیان مشکلات و مسایل نوجوانان قرار دهند.

بچه‌ها حکم امروز قاضی بسیار دردناک و ناگوار است و بهتر است هر چه زودتر به زندان برویم و از زندانی‌ها و مخصوصا فردی که امروز محاکمه شد دل جویی کنیم. سپس بچه‌ها همراه آقای باقری به سمت زندان و دیدار زندانی‌ها به راه افتادند.

فصل دوازدهم
شکایت کلید Caps Lock

فردا شده بود و همه می‌دانستند که امروز هم محاکمه خواهد بود. آقای باقری و بچه‌ها سریع زندان و زندانیان را ترک کردند و برای مخفی شدن پشت موس‌های فرسوده و سیستم‌های بلا استفاده رفتند. محاکمه دقیقا راس ساعت برگزار شد و کلیدها و قاضی در محل حضور پیدا کردند.

قاضی از زندان بان خواست تا فرد زندانی امروز را بیاورند، زندان بان فرد را آورد و او را به روی صندلی سلطان دکمهٔ Cap slkنشاندند.

قاضی رو کرد به دکمهٔ Caps lockو از او دلیل شکایتش را پرسید؟

دکمهٔ Caps lockکه بسیار عصبانی بود رو به قاضی و بقیهٔ کلیدها کرد و گفت: این فرد در زندگی خود دچار بزرگ نمایی شده او خود را مرکز جهان دانسته، او به ابراز شخصیت و خود نمایی پرداخته و از این طریق به همه می‌خواسته نشان دهد که من بزرگ شده ام.

البته این‌ها همه اقتضای دوران نوجوانی را می‌کند اما رسیدن به نتیجه‌ای که همه چیز و همه کس در این دنیا اشتباه می‌کنند و تنها او است که حرف درست را می‌زند و عملکرد قوی دارد، بسیار عواقب

بدی برای او در بر خواهد داشت.

در این هنگام مطابق هر روز صفحه شیشه‌ای بزرگ روشن شد و صحبت‌ها و تصویر آقای باقری پخش شد: عزیزانم، امروز می‌خواهم در مورد کلید Caps lock و نقش این کلید در زندگی تان برایتان بگویم. این کلید حروف را برای ما بزرگ می‌کند. درست مانند بسیاری از نوجوانان که در این سن خود را بزرگ پنداشته و احساس می‌کنند که مدار و مرکز جهان هستند.

عزیزانم اگر به تغییر رفتار شما نوجوانان بیندیشیم، متوجه خواهیم شد که علت بسیاری از بد رفتاری‌های شما در شیوهٔ تفکرتان نهفته است. شیوهٔ فکر کردن نوجوان نا پخته است. نوجوان تمامی کارکردهای مغز یک بزرگسال را ندارد.

نوجوانی مرز کودکی و بزرگسالی است. بنابراین تفکر یک نوجوان نه شبیه کودک است نه بزرگسال.

بنابراین از والدین انتظار می‌رود که در رفتار با نوجوان بردباری بیشتری به خرج دهند و با نوجوان طوری رفتار کنند که مختص او است.

نوجوان با این طرز فکرها روبه رو است: من مرکز جهان هستم، من بی همتا هستم رعایت مقررات و ظیفهٔ من نیست، زوال ناپذیرم، خوب و بد وجود ندارد. پایهٔ خطاهای فکری نوجوان ریشه در خود مداری او دارد و فکر می‌کند که تماشاگر خیالی به نظا رهٔ او نشسته است و فکر می‌کند دیگران به اندازه‌ای که او خودش را می‌پسندد از او خوششان می‌آید.

در این جا وظیفهٔ پدر و مادر است که نوجوان را به سوی واقعیت راهنمایی کنند. یا د دادن مهارت تفکر به نوجوان تا حد زیادی کمک می‌کند تا از خود بپرسند: چرا این گونه فکر می‌کنم؟ وقتی پای واقعیت‌ها در میان باشد رفتار و کردار مناسب تر از سمت نوجوان انتخاب می‌شود. بعد از این سخن آقای باقری صفحه شیشه‌ای خاموش شد.

آقای قاضی وقتی سخنان دکمهٔ Caps lock و مربی را در کلاس درس شنید رو کرد به فرد زندانی و به او گفت: آیا حرفی برای دفاع از خود برای گفتن داری؟

فرد زندانی که تازه متوجه رفتار نا درست خود شده بود از شرمندگی صورتش سرخ شده بود و عرق می‌کرد و حرفی برای گفتن نداشت.

آقای قاضی با توجه به شکایت دکمه و حرف‌های مربی و عدم دفاع فرد زندانی از خودش گفت: با توجه به شکایت‌های مطرح شده و سخنان مربی این فرد، حکم نهایی که برای او صادر کرده‌ام را با

صدای بلند می‌خوانم: این فرد از نظر جثه و اندازه آن قدر بزرگ می‌شود که دیگر در هیچ مکانی جا نشود و نتواند در آن جا آرام و قرار داشته باشد و همه از او ترسیده و فرار کنند.

فرد تا این رأی را در مورد خودش دید شروع کرد به گریه کردن و زاری و از قاضی و دیگر کلیدها وقت برای جبران خواست اما دیگر پشیمانی و گریه و زاری هیچ سودی نداشت و حکم نهایی صادر شده بود.

فرد زندانی را در حالی که گریه می‌کرد و می‌خواست از دست زندان بان فرار کند به زندان منتقل کردند. تمام کلیدها هم محل محاکمه را ترک کردند و آن جا خلوت شد. آقای باقری و بچه‌ها از حکم صادر شده توسط قاضی بسیار ناراحت بودند.

آقای باقری به بچه‌ها گفت: بچه‌ها فکر می‌کنم که محاکمه رو به انتها باشد و فردا آخرین روز محاکمه کردن نفر آخر باشد. ما باید امشب تمام حواس خود را جمع کنیم و قبل از صدور حکم برای تمام زندانی‌ها نقشهٔ فرار و نجات خودمان و زندانی‌ها را بکشیم و گرنه برای همیشه در سرزمین صفحه کلیدها اسیر خواهیم شد و معلوم نیست چه بلایی سرمان می‌آید.

آقای باقری از «مهرداد» خواست تا با توجه به هوش و ذکاوت و علاقه زیادی که به مسایل ماورایی و فضایی دارد و فکری پر از ایده و خلاقیت دارد نقشهٔ فراری برای همهٔ آن‌ها طراحی کند.

مهرداد هم به آقای باقری و بچه‌های دیگر قول داد که‌ها کمکی در این رابطه از دستش بر می‌آید برای فرار انجام دهد.

فصل سیزدهم
شکایت کلید Space

سپیده زده بود و هوا داشت کم کم روشن می‌شد. بچه‌ها و آقای باقری از خواب بیدار شدند. آقای باقری به بچه‌ها گفت: بچه‌های عزیزم فکر می‌کنم امروز آخرین روز محاکمه می‌باشد چرا که مطابق درس‌هایی که من در کلاس می‌دادم امروز جلسه آخر تدریس من در کلاس‌های قبلی بوده و بنابراین امروز باید آخرین روز محاکمه باشد. عزیزانم ما وقت زیادی نداریم اگر امروز روز آخر باشد باید ببینیم قاضی چه روزی را برای صدور حکم‌های نهایی که برای افراد زندانی صادر کرده است می‌دهد؟ و ما چه قدر زمان برای فرار خودمان و دیگر دوستانمان داریم؟ در این هنگام صدای کلیدها که داشتند برای حضور در محاکمه و دادگاه می‌آمدند به گوش رسید.

بچه‌ها و آقای باقری سریع زندان و زندانیان را ترک کردند تا از دور شاهد و ناظر صحنهٔ محاکمه باشند. محاکمه در ساعت مقرر خود شروع شد، قاضی رو کرد به کلیدها و گفت: امروز آخرین جلسهٔ تدریس مربی در کلاسش بوده است و آخرین فرد زندانی امروز محاکمه می‌شود و بعد از آن زمان اعلام حکم نهایی برای تمام افراد در جلسه امروز مطرح خواهد شد، سپس از زندان بان خواست تا آخرین فرد زندانی را بیاورند و رو به روی سلطان کلید Space بنشانند. فرد زندانی را آوردند و در صندلی روبه

روی دکمهٔ Space نشاندند.

قاضی رو کرد به دکمهٔ Spsce و گفت: شکایت خود را مطرح کن! دکمه در حالی که بسیار عصبانی بود گفت: آقای قاضی این فرد در زندگی خودش بیشتر از گروه دوستان تاثیر می‌گرفته تا از والدین و خواهر و برادر...

او تمایل شدید به ارتباط نزدیک داشتن با دوستان خود و گفتگوهای پنهانی و طولانی با آن‌ها داشته است حتی او به پیشنهاد چند تن از دوستانش سیگار کشیده و.... و قدرت «نه» گفتن نداشته و هرگز در زندگی فاصله خود را با دوستانش رعایت نمی‌کرده است. برای تکمیل سخنان من بهتر است حرف‌های مربی این فرد را در آخرین جلسه کلاس‌ها ببینیم و بشنویم. ناگهان صفحهٔ شیشه‌ای بزرگ روشن شد و صحبت‌هاو تصویر آقای باقری پخش شد. عزیزان من، امروز آخرین جلسه تدریس می‌باشد، تا این جلسه در مورد کلیدها و نقش مهم همهٔ آن‌ها در زندگی تان صحبت کردم و امید وارم تمام این حرف‌ها را در زندگی شخصی و حقیقی خودتان به کار ببندید. امروز می‌خواهم در مورد دکمهSpace برایتان صحبت کنم. از این دکمه برای گذاشتن فاصله استفاده می‌کنیم. بچه‌های من ما باید در زندگی خود نیز فاصله مان را با دیگران مخصوصا دوستان صمیمی که زیاد با آن‌ها ارتباط داریم حفظ کنیم. برخی از نوجوانان معمولا تمایل بسیاری به گذراندن اوقات با دوستان خود دارند. همین مساله والدین آن‌ها را نگران و آشفته می‌کند.

آن‌ها اغلب نگران این هستند که فرزندشان درگیر روابط دوستی پر خطر شوند و به انحرافات اخلاقی و رفتاری کشیده شوند. بنابراین اطلاعات در مورد تاثیر دوست در نوجوانان و افزایش آگاهی شما در این دوره مهم سنی از اهمیت به سزایی برخوردار است. نوجوانان به دلیل نیاز به استقلال و هویت یابی اغلب روابط دوستانه خود را گسترش می‌دهند و تلاش می‌کنند تا ارتباطات بیشتری با هم سالان خود داشته باشند. این مساله اغلب آن‌ها را با مساله‌ای روبه رو می‌کند که در روان شناسی به آن «فشار هم سالان» گفته می‌شود. فشار هم سالان به موقعیتی گفته می‌شود که فرد به خاطر این که از طرف دوستان خود مورد پذیرش قرار بگیرد کارهایی را که مورد پسند آن‌ها است انجام می‌دهند. فشار هم سالان در نهایت به تغییرات رفتاری مختلفی می‌انجامد.

توجه به این مساله حائز اهمیت است که تاثیرو فشار گروه هم سالان لزوما امری منفی نیست و اتفا قا در بسیاری از موارد می‌تواند مثبت نیز باشد، به شرطی که دایرهٔ دوستان فرزندان شامل دوستان و افراد سالمی باشند. نمونه‌هایی از تاثیرات گروه دوستان: تقلید از دوستان در نوع آراستن ظاهر خود، گوش دادن به موسیقی و برنامه‌های تلویزیونی که گروه هم سالان به آن‌ها علاقمندند، تغییر در لحن حرف

زدن، تمایل به انجام کارهای پر خطر و شکستن قوانین، استفاده از سیگار یا مشروبات الکلی. عزیزان من، برای درک موضوع برای شما یک مثالی می‌زنم. بیشتر حوادث رانندگی و تصادفات در اثر عدم رعایت و حفظ فاصله ماشین جلویی و پشت سری می‌باشد، نزدیک شدن بیش از حد دو ماشین به همدیگر می‌تواند باعث تصادف و حادثه شود. در زندگی واقعی هم همیشه باید حریم وفاصله خود را با دیگران حفظ کنیم به ویژه هم سالان و دوستان خود تا خدای نکرده برخورد و حادثه‌ای برایتان پیش نیاید. هم چنین شما باید مهارت «نه» گفتن را در زندگی بیاموزید. نوجوانان باید یاد بگیرند در حالی که ارزش‌ها و هویت خود را حفظ می‌کنند خود را برای کار گروهی هماهنگ کنند، والدین نیز باید با کمک به فرزند خود اعتماد به نفس و امنیت را در او افزایش دهند و او را برای غلبه بر فشارهای ناشی از گروه هم سالان تجهیز کنند. در این صورت آن‌ها قدرت این را خواهند داشت که در برابر چیزهای ناراحت کننده یا مسایلی که فکر می‌کنند درست نیست «نه» بگویند.

۱. والدین می‌توانند به نوجوان خود در انتخاب روست خوب و واقعی کمک کنند: نو جوان خود را تشویق کنید با افرادی که می‌توانند به آن‌ها اعتماد کنند و با آن‌ها صادق باشند دوست شوند.

۲. در مورد ملاک و معیارهای دوستی در دوران نوجوانی که باعث ایجاد دوستی‌های خوب و قوی می‌شود صحبت کنند.

۳. به نوجوانان نشان دهند که دوستی یک خیابان دو طرفه است که نیاز به تلاش و پرورش دارد.

۴. نحوه تشخیص دوستی‌های بد و مقابله با فشار منفی هم سالان را به نوجوانان آموزش دهند.

در این هنگام صفحه شیشه‌ای خاموش شد و آقای قاضی رو کرد به فرد پشیمان و به او گفت: خوب با توجه به صحبت‌های گفته شده مربی و کلید Space آیا حرفی برای دفاع از خود داری؟

فرد پشیمان که بسیار شرمنده شده بود و هیچ حرفی برای گفتن نداشت فقط سکوت کرد و سرش را پایین انداخت.

قاضی که دید او حرفی برای گفتن ندارد گفت: با صدای بلند امروز آخرین رأی را صادر می‌کنم: برای این فرد این است که او باید تا ابد فاصله بین خودش و خانواده و عزیزانش را تحمل کند و تا ابد بین او و خانواده‌اش فاصله باشد.

فرد زندانی پس از شنیدن حکم بسیار ناراحت شد، شروع کرد به گریه و زاری و این که مهلتی به او داده شود تا جبران کند، اما هیچ فایده‌ای نداشت و کسی حرف او را گوش نمی‌کرد.

قاضی دستور داد تا او را نزد دیگر زندانی‌ها ببرند تا دو روز دیگر تمام حکم‌هایی که تا کنون صادر شده بود در مورد افراد اجرایی شود. زندان بان او را به زندان خودش منتقل کرد و همه محل محاکمه را ترک کردند

بچه‌ها و آقای باقری که متوجه شده بودند فقط دو روز دیگر مهلت دارند تا برای همیشه آن سرزمین را ترک کرده و دوستانشان را نجات دهند، دنبال نقشه و راه فراری بودند.....

فصل چهاردهم
صحنهٔ تئاتر

بچه‌ها و آقای باقری نزد زندانیان بودند تمام آن‌ها گریه و زاری می‌کردند و از اعمال و کردار خودشان پشیمان شده بودند.

آن‌ها از پشت میله‌های زندان از بچه‌ها و آقای باقری در خواست کمک می‌کردند و راه فراری می‌خواستند. آقای باقری هم به آن‌ها قول داد که راه فراری برای خودشان و تمام زندانی‌ها پیدا کند.

آقای باقری به مهرداد گفت: مهرداد جان، آیا فکری به ذهنت رسیده است تا بتوانیم برای همیشه این شهر را ترک کنیم و من هم بتوانم دانش‌آموزان قبلی‌ام را نجات بدهم. البته خود من هم فکرهایی کرده ام.

مهرداد گفت: بله آقای باقری، من روزها به این مساله فکر کرده ام. راستش چیزی به ذهنم رسیده است، روز اول که به صورت پنهانی شهر صفحه کلیدها را مشاهده می‌کردیم متوجه شدم در جایی از این شهر سیستم مرکزی وجود دارد، حتما در آن جا اینترنت هم هست.

ما باید خود را به آن جا برسانیم و پشت سیستمی نشسته و در فضای گوگل اسم شهر خود را جستجو کنیم و سپس دکمهٔ Home که برای بازگشت به ابتدای خط جاری در ویندوز یا ابتدای یک سند یا صفحه به کار می‌رود را زده و همه از طریق اینترنت مجدد در همان فضای مغناطیسی تونل مانند قرار گرفته تا بتوانیم مجدد به شهر و خانه و محل زندگی مان برگردیم.

آقای باقری و دیگر بچه‌ها با این فکر موافقت کردند. آقای باقری گفت: بچه‌ها ما دیگر وقت زیادی نداریم و فردا اول صبح دانش‌آموزان پشیمان محاکمه می‌شوند، پس باید آن‌ها را از زندان رها کرده و همه با هم و به اتفاق همدیگر به صورت پنهانی قبل از متوجه شدن کلیدها خود را به سیستم مرکزی شهر کلیدها برسانیم.

بچه‌ها و آقای باقری با کمک همدیگر تمام زندانی‌ها را آزاد کردند. همگی به صورت آرام و پنهانی در شهر حرکت کردند تا به سیستم مرکزی شهر رسیدند. آن جا مملو از کلیدهایی بود که مشغول به کار بودند، بچه‌ها همگی آهسته و بدون این که کلیدها متوجه شوند خود را به جایی که اینترنت وجود داشت رساندند، اما تمام کلیدها در آن جا حضور داشتند و کسی نمی‌توانست پشت سیستم بنشیند.

آقای باقری گفت: خوب، حالا فکر این جا را نکرده بودیم. نمی‌توانیم پشت سیستم بنشینیم. به نظر شما حالا باید چه کار کنیم؟ اگر کلیدها متوجه فرار ما شده باشند حتما دنبال ما خواهند آمد و مجدد همه ما گرفتار می‌شویم.

در این لحظه «فربد» که دانش‌آموز آرام و کم حرف و خجالتی بود گفت: آقای باقری من همیشه تب لتم را با خودم به کلاس می‌آوردم تا اگر نیازی داشتم از آن استفاده کنم، ما می‌توانیم از طریق اینترنت مرکزی و تب لت من نام شهر خود را جستجو کرده و به شهر و خانهٔ خودمان برگردیم.

آقای باقری و دیگر بچه‌ها تا حالا این قدر از شنیدن این حرف خوشحال نشده بودند.

«فربد» تب لت خود را از کیفش در آورد به اینترنت که متصل شدند نام شهر خود را جستجو کردند، در این هنگام فضایی مانند تونل باز شد، آقای باقری به بچه‌ها گفت: بچه‌ها باید به سمت درون تونل برویم، بچه‌ها به همراه مربی خود پا به فضای تونل گذاشتند که ناگهان از دور صدایی آمد، زندانی‌ها از شهر فرار کرده اند، آن‌ها را بگیرید... و تمام کلیدها به دنبال افراد می‌دویدند.

آقای باقری به بچه‌ها گفت: بچه‌ها هر چه سریع تر بدوید و در فضای مغناطیسی و آهن ربایی تونل قرار بگیرید چرا که دکمه‌ها متوجه فرار ما شده اند و حتما دوباره ما را اسیر خواهند کرد.

بچه‌ها هر چه سریع‌تر در فضای تونل مانند قرار گرفتند و با سرعت نور در حالی که معلق بودند به شهر و خانه خود رسیدند.

در این لحظه پرده سن بسته شد و تمام حاضران در سالن برای دانش‌آموزان دست زدند و آن‌ها را تشویق کردند.

به پیشنهاد آقای باقری رسول که نویسندهٔ توانایی بود متن تئاتر «سفر به سرزمین صفحه کلیدها» را نوشته بود و دیگر دانش‌آموزان نیز در تکمیل متن به او کمک کرده بودند. پس از آن آقای باقری بچه‌ها را به یکی از دوستانش که کار تئاتر و نمایشنامه انجام می‌داد ه معرفی کرده بود و دوست آقای باقری یک تیم تئاتر از بچه‌ها تشکیل داده بود که بعد از روزها و ساعت‌ها تمرین امروز توانسته بودند تئاتر را برای جمع انبوهی از تماشاگران روی صحنه اجرا کنند و مقام کسب کنند.

آقای باقری و دانش‌آموزان واقعا خوشحال بودند، چراکه علاوه بر یادگیری Word درس‌های زیادی آموخته بودند که با به کارگیری آن‌ها در زندگی شان می‌توانستند افراد موفقی باشند. همین طور با رشتهٔ هنری تئاتر آشنا شده بودند و توانسته بودند با یادگیری هنرها و فنون مختلف افرادی موفق، کوشا برای خود، والدین و مربی شان بوده و باعث افتخار و مباهات بودند. نوجوانان امروز و جوانان فردا و آینده‌سازان فردای میهن اسلامی.

با آرزوی موفقیت و بهروزی برای تمام نوجوانان و جوانان و آینده سازان کشورم.

***

دیگر آثار از افسانه میرابی

kphclub.com   Amazon.com

چند کتاب پیشنهاد انتشارات برای شما

برای تهیه کتاب ها از آمازون یا وبسایت انتشارات می توانید بارکدهای زیر را اسکن کنید

kphclub.com

Amazon.com

Kidsocado Publishing House
خانه انتشارات کیدزوکادو
ونکوور، کانادا

تلفن : ۸۶۵۴ ۶۳۳ (۸۳۳) ۱+
واتس آپ: ۷۲۴۸ ۳۳۳ (۲۳۶) ۱+
ایمیل: info@kidsocado.com
وبسایت انتشارات: https://kidsocadopublishinghouse.com
وبسایت فروشگاه: https://kphclub.com